綱わたりの花嫁

赤川次郎

角川文庫
23576

綱わたりの花嫁　目次

プロローグ

花嫁はうつむきながら入って来た。

ヴェールがフワリと顔を覆っていて、披露宴に出席していた客たちから、花嫁の顔は見えなかった。

むろん、それでもみんな拍手をした。

照明が落とされ、スポットライトが、頰を紅潮させた花婿とウェディングドレスの花嫁を照らしていた。

二人が会場内へ進んで来ると、入口の扉はゆっくりと閉じられ……。

だが、次の瞬間、扉がパッと大きく開いて、覆面をした男たちが三人、飛び込んで来たのだ。

何が起ったのか、居合せた人々は分らなかった。もちろん、無理もない。花嫁を奪いに来る男たちがいるなどとは、誰も思いもしないだろう。

「みんな動くな！」

と、一人が怒鳴って、天井へ向けて拳銃《けんじゅう》を撃った。

一瞬、静寂があった。

どうしたの？　――これ、演出？

そう思う客がいたのも当然だろう。

しかし、革ジャンパーの男たち三人の内の一人が、タキシードの花婿を叩《たた》きのめし、花嫁の腕をつかんで会場から連れ出すと、さすがに冗談ではないと分った。

しかし――勇敢に犯人たちを追いかけて行く者は一人もいなくて、

「誰か来て！」

「早く一一〇番しろ！」

「ここの警備はどうなってる！」

と、口々に文句を言うばかりだった。

そのとき、立ち上ったのは花嫁の母親だった。母親は叫んだ。

「誰でもいいわ！　娘を助けてくれたら、一千万円出す！」
一、二秒の間の後、ワッと席を立って、十人以上の男たちが会場から駆け出して行った。
どこにでもいそうな女の子だった。

見たところは二十歳前後。髪を茶色に染め、ジーンズに赤いスニーカー。

そのままの格好で、大学でも旅行でも行ってしまいそうな娘である。

東京駅の地下のコーヒーショップで、娘はミルクセーキを飲んでいた。足下にはそう大きくはなく、せいぜい二、三泊の旅行用と見えるボストンバッグが置いてある。

そこへ、息を切らしながら、やはり二十歳くらいの男の子が入って来ると、

「ここにいたのか!」

と、娘の所へやって来て、「勝手にどこかへ行っちまうんだもの……」

「ごめん」

娘はまるで悪いと思っていない風で、「ちょっと用があったの」

「ま、いいけどさ……」

男の子の方は、娘の気まぐれにいつも付合わされている、といった諦《あきら》めの口調で、

「もうホームに行こうぜ」

「まだ早いわよ。二十分もある」

「自由席は、並ばないと座れないんだ。京都まで立って行くのかい?」

「それなら大丈夫」

「大丈夫って?」

「グリーン車に換えといた」

男の子は目を丸くして、

「グリーン車だって？　いくらすると思ってんだ？」

と言ったが、「――ま、いいか。すぐにケチケチしてもな……」

「圭治《けいじ》も何か飲んだら？」

「もったいないよ」

と言ったものの、「――じゃ、僕はカフェ・ラテ」

と、注文して、娘の隣に座った。

「――荷物はそれだけ？」

と、男の子は娘のボストンバッグを見て言った。

「あんまり重いの、いやだもの」

と、娘が言った。「着るものやなんかは、買えばいいし」

男の子は何か言いかけたが、思い直して口をつぐむと、カフェ・ラテを飲んだ。

店のカウンターの奥に、TVがあって、点《つ》けっ放しになっていた。

ちょうどニュースで、

「――今日午後、都内の結婚式場から、花嫁が連れ去られるという事件が起りました」

と、アナウンサーが言った。「披露宴会場に、三人の男が乱入、花嫁を連れ去ったということです。花嫁は酒戸《さかと》美亜《みあ》さん二十一歳で、父親の酒戸雄太郎《ゆうたろう》さんは大手パチンコ店のチェーンを経営、一代で莫大《ばくだい》な財産を手にしたことで有名です。美亜さんを誘拐した犯人たちは身代金目当てと思われ……」

　TVを見ていた娘は、

「あら……」

と呟《つぶや》いた。

　男の子の方は手にしたケータイを見ていて、TVのニュースはまるで耳に入っていなかった。

「な、ミア、そろそろ行こうぜ。ホーム、結構遠いよ」

「うん……。いいよ」

と、娘はバッグを手にすると、「大変だなあ……」

「何が？」

「さらわれたって、私が」

「え？」

「行こう！」

　娘はさっさと店を出て行った。

1　アルバイト

「まだ見付からんのか！」

と、酒戸雄太郎は机を叩いて怒鳴った。

「手は尽くしています」

と、穏やかな口調で言ったのは、殿永《とのなが》部長刑事である。

「もう何時間たったと思っとるんだ！　怠慢だ！」

よく喉《のど》がかれない、と感心するほどの勢いで、酒戸は怒鳴り続けていた。

警視庁の一室。――むろんドアは閉まっているが、何しろ酒戸の声が大きいので、廊下にまで聞こえている。

時々、事情を知らない人間が、何事かとドアを開けて中を覗《のぞ》いては、酒戸に凄《すご》い目つきでにらまれて、あわててドアを閉めた。

酒戸の娘、美亜が結婚披露宴会場から連れ去られて数時間。確かに父親としては苛《いら》立《だ》つのも分らぬではない。しかし、こう怒鳴りまくられても、周囲は困るばかりである。

殿永に、「相手をしていろ」と指示が来たのは、そういう事情だった。

それにしても、

「ヘリコプターを出せ！」

と、酒戸は言い出して、「空から美亜の奴を捜し出す！」

とは、むちゃくちゃである。

さすがに殿永も、

「ヘリコプターから、娘さんは見分けられませんよ」

と言うしかなかった。

「いや、俺なら見付けられる！」

酒戸の妻、信代《のぶよ》は披露宴会場で失神し、入院していた。

いっそ、こっちも失神してくれないかと殿永でさえ思うほどだった……。

酒戸はさすがに少しくたびれたのか、ソファに座って、

「君は何という名だ？」

「殿永といいます」

もう三度も名のっていたが、

「そうか。美亜を見付けてくれたら、三千万——いや、五千万出す」

「それはどうも」

殿永は、ドアをノックする音で、立って行った。

「殿永さん、お客様が」

「分った。――酒戸さん、ちょっと失礼します」

殿永はホッとしていた。

廊下へ出ると、意外な顔が待っていた。

「これは塚川《つかがわ》さん」

いつも仲のいい塚川亜由美《あゆみ》が立っていたのである。

「殿永さん、今、あの酒戸という人と？」

「ええ、お守りを仰せつかって、苦労しているところですよ。――ところで、どうしたんです？」

と、殿永は訊《き》いた。

塚川亜由美は女子大生。むろん、殿永とは年齢も違う。どちらかというと、亜由美の母で、一風変った清美《きよみ》とメール友達なのである（清美の方で、そう言っている）。

しかし、一女子大生としては、塚川亜由美は、親友の神田《かんだ》聡子《さとこ》ともどもよく色々危《あぶな》い事件に巻き込まれる女の子なのだ。亜由美の愛犬で、ちょっと犬並み外れた（？）ダックスフントのドン・ファンの活躍もあって、しばしば事件を解決している。

「実は……」

と、塚川亜由美はちょっと言いにくそうに、「その問題の、誘拐事件のことです」

「亜由美さん、何かご存知なんですか?」

「はっきり知ってるとは限らないんですけど……」

「話してみて下さい」

「ええ」

亜由美は肯《うなず》いて、「もしかすると——誘拐されたのは、例のパチンコ店の大金持の娘じゃないかもしれないんです」

これには殿永もびっくりした。

「しかし——花嫁は両親の目の前で連れ去られたんですよ」

「ヴェールで顔は見えなかったんじゃありませんか?」

「それはまあ……。花婿の友人が撮っていたビデオを見ましたが、確かに、そのときはよく見えませんでした。しかし……」

「花婿はどう言ってます?」

「花婿ですか。——確か、中畑克彦《なかはたかつひこ》といいましたね。誘拐犯に殴られてます」

「もちろん、式のときは酒戸美亜を見ているでしょう。でも披露宴の会場へ入って行くときは、顔を見ていないと思います」

「亜由美さん。どういうことですか?」

廊下での話で、他の刑事も通りかかる。

「こちらへ」

と、殿永は亜由美を促して、空いていた部屋へ案内した。

「——大学の後輩で、内山久美子《うちやまくみこ》って子がいます」

と、亜由美が言った。「二年生になったところで、父親が会社のお金を使い込んで逮捕され、母親と二人、家も失ってしまったんです。内山久美子は、ともかく必死でバイトをして、母との暮しを支えています」

「それで?」

「私と聡子は、内山久美子の力になりたいと思って、アルバイトの口を譲ってあげたりしています。そんな久美子が、昨日、『明日《あした》はお金になるバイトがある』って、嬉《うれ》しそうに言ったんです」

「なるほど」

「一風変ったバイトだと言ってました」

と、亜由美は言った。「花嫁の身替りをやるんだと」

殿永は唖然《あぜん》として、

「では、披露宴に現われた花嫁は、その内山久美子という子だったと?」

「そのようです。事件を聞いて、心配になったんで、内山久美子へ連絡しようとしたんですが、連絡がつきません。母親に電話したら、帰っていないと……」

「しかし――身替りといっても、すぐに分ってしまったでしょう」

「どうも、肝心の酒戸美亜さんって、恋人がいて駆け落ちするつもりだったようです」

「駆け落ち？」

「ですから少しでも時間を稼ぎたかったんでしょうね。久美子の話を聞くと、酒戸美亜はとんでもなく気紛れで、気楽な子のようでした」

「それにしても……。参りましたな！」

と、殿永は息をついて、「酒戸雄太郎にそう話して、信じるかどうか」

「信じても信じなくても、事実は事実ですから」

「それはそうですが」

「誘拐犯から、身代金の要求はあったんですか？」

「いや、今のところはまだ」

と、殿永は言って、「――そうか。もし身替りと分ったら……」

「それなんです、心配なのは。もし久美子がさらわれたとしたら、身代金は払われないでしょう。久美子がどうなるか……」

「なるほど」

「酒戸さんに話してもらえますか？」

「さて……。今は頭に血が上っています。とても信じてもらえないでしょうな。――

ただ、娘が誘拐されたのでないと分れば、少しは気が楽でしょうが」

「駆け落ちした相手を捜して、二人の行先を……」

「何という男か分ってるんですか?」

「いいえ。でも、きっとチンピラですよ」


「ハクション!」

八田《はつた》圭治は派手にクシャミをした。

美亜は顔をしかめて、

「ちょっと! ツバが飛ぶでしょ。向う向いてやってよ」

「そんな暇ないよ」

と、圭治は言い返した。「どこに行くんだ?」

「この山奥の温泉よ。私、温泉大好きなの」

新幹線からローカル線を乗り継いで、二人は小さな山間《やまあい》の駅で降りた。そこに待っていた、旅館の名前入りのワゴン車に乗ると、山の奥へと向っていたのである。

もう夜になっているので、ずいぶん肌寒い。圭治は薄着なのでやたら寒かった……。

ワゴン車には客は二人だけ。——美亜は圭治にぴったりくっついて、楽しそうだった。

車で三十分ほど。——旅館は、圭治が想像していたような安宿ではなく、かなり歴史のありそうな建物だった。

「一度泊ってみたかったの」

と、美亜は言った。

「だけど……」

ここ、高いんじゃないか？　そう言いかけたが、美亜がさっさと部屋を頼んでしまうのを見てやめた。

美亜が大丈夫だって言うんだから、大丈夫だろう。

「ええ、夫婦です」

と、美亜が堂々と（？）言っている。

——正直、八田圭治は、どうして美亜と駆け落ちすることになったのか、よく分らなかった。

知り合って、まだひと月余り。気が合って、すぐホテルに行ったりしていたのだが、

「私、結婚しなきゃいけないの」

と、美亜が言い出した。「親父が横暴でさ、言うこと聞かないと殴るのよ」

「それ、ひでえな」

「でしょ？　ね、私と駆け落ちして。いいでしょ？」

「うん、いいよ」

という具合で……。

ろくに考えもせずに、二人でこうして旅に出てしまった。

駆け落ちしてどうするのか、話し合ってもいないし、当面、

「何とかなるわよ」

という美亜の言葉だけで、こうしてやって来た温泉……。

「――いいわね、やっぱ」

と、部屋に落ちつくと、美亜は思い切り伸びをした。「私、畳の部屋って好きなの」

「ずいぶん広いよな」

と、圭治は中を見回して、「布団で寝るのか？」

「ベッドでなきゃいや？」

「別に、どっちでもいいさ」

「ね、せっかく温泉に来たんだよ。夕ご飯の前に、ひと風呂《ふろ》浴びて来よう」

「ああ、そうだな……」

「でも混浴じゃないんだって、ここ。別々だね」

と、美亜は言って、「部屋にもお風呂ついてるから、汗かいたら、二人で入ろ」

美亜はタオルを手に取ると、

「さ、早く行こう！」

と、圭治の手をつかんで引張った。

そして——圭治はいつも風呂は簡単である。

当然、先に部屋へ戻って来た。

「ああ……。腹へった」

二十一歳の若者である。風呂より飯だ。

二十分くらいしたら食事が来ることになっている。

「やれやれ……」

駆け落ちってこんなに呑気《のんき》でいいのか？

一応自分が仕事をして、美亜を食べさせてやらなくてはいけないのではないか、と思っている圭治だったが……。

しかし、どう見ても美亜の方が金を持っているようだ。——実のところ、圭治はせいぜい五、六万の持ち合せしかない。

大丈夫だとは思うが……。いざ、支払う段になって、

「お金ないわよ」

なんて言われたら……。

圭治はちょっとためらったが……。

「ま、いいよな。どうせ一緒に暮すんだし」

圭治は押入れを開けて、美亜のボストンバッグを取り出した。

「出て来るときに、お金をいただいてくるから」

と、美亜は言っていたのだ。

「ごめんな、美亜」

気の弱い圭治は、一応謝っておいて、バッグの口を開けた。

シャツや下着などがグシャグシャに押し込んである。いかにも美亜らしい。

それをかき分けると……。

圭治の手が止った。目が大きく見開かれて、

「──うそだろ！」

入っていたのは一万円札の束。たぶん百万円ごとに束ねたのが……それも一つ二つではない。

いや、バッグの重さの半分どころか大部分は、札束の重さだったのだ。

手が震えたが、二つ、三つと数え始めて、二十を越えた辺りで、もう汗をかいてしまっていた。

まだまだある！

一体いくらあるんだ？

一束百万円として、二十ありゃ二千万。その倍近くはある。

「どうなってんだ？」

これは普通じゃない。——とても、まともな金とは思えない。

圭治はあわててバッグを押入れに戻して、やっと息をついた。

「今の……夢じゃないよな」

と、呆然《ぼうぜん》としながら呟《つぶや》いている。

家にある現金を持ち出して来る、といったって、普通こんなに現金、置いてないだろう。

考えてみれば、圭治は美亜のことをほとんど知らない。美亜の方だって、何も話そうとせず、

「二人が合ってりゃ、それでいいわよ。ねえ？」

と、圭治に甘えてくる。

また圭治の方もそれでニヤニヤしていたのだから……。

だが、あの札束は現金だ。偽札じゃないだろうな、まさか。

いや、あの手触りと「迫力」は本物に違いないと思わせるものがあった。

一体どういう金なのか？

おそらく——公にできない商売で儲《もう》けた金に違いない。

ということは、美亜は「やばい筋」の大物の娘なのだろうか。

それとも、政治家の裏金ってことも考えられる。圭治はちょうどつい二、三日前にTVで政治家が莫大《ばくだい》なワイロを贈ったりするドラマを見たばかりだった。

どっちにしても、あんな大金を持ち出してただで済むわけがない！

「どうしよう……」

圭治は、ヤクザの殺し屋が二人を追って来て、拳銃《けんじゅう》を目の前に突きつけられている場面が、まざまざと眼前に浮んで、身震いした。

そこへ、

「ああ、気持良かった！」

と、当の美亜が戻って来た。「いいお湯だったね！　ね、圭治？」

「え？　ああ……。うん」

「どうしたの？　あんまりあったまってないんじゃないの？　青い顔してるよ」

「そういうわけじゃないんだけど……」

と、圭治は言いかけて口ごもった。

「何なら、もう一回入って来たら？」

と、美亜は濡《ぬ》れたタオルを干しながら言った。

「いや、大丈夫だよ。それより、美亜——」

と、言いかけたとき、圭治のお腹がグーッと鳴ったのである。

美亜はふき出して、

「お腹空《す》いてたのね！　ごめん、気が付かなかったわ」

「いや、そういうんじゃなくて……」

ちょうどそこへ、

「お食事、お持ちしました」

と、仲居が膳《ぜん》を運んで来た。

「はあい。ここへ置いて。――どうも」

美亜は圭治の腕を取って、「さ、食べよう！」

「ああ。でも――」

「ほら、圭治の方には、特別にステーキ、付けてもらったよ。気がきくでしょ、私？」

確かに、分厚いステーキが圭治の目に飛び込んで来た。お腹がさらにグーグー鳴って、

「早く食べよう！」

と主張した。

「よし、食おう！」

今は、空きっ腹を一杯にすることしか考えられない。――心配なことは、後で考え

りゃいいや！

主治は急いでお膳の前に座ると、はしを手に取った。

黒塗りのワゴン車に押し込まれる瞬間、花嫁のヴェールがフワリとめくれて、横顔が見えた。

監視カメラの映像を止めて、

「どうです？」

と、殿永は訊《き》いた。

亜由美は嘆息して、

「久美子だわ」

と言った。

「――なるほど」

一緒に見ていた酒戸雄太郎はホッとした様子で、「確かに、これは美亜ではない」

誘拐犯たちが花嫁を車に乗せて逃走するところの映像を見ていたのである。

「やれやれ！」

酒戸は深呼吸をして、「全く！　心配させおって！　寿命が縮むところだったぞ」

「酒戸さん」

と、殿永は言った。「美亜さんの相手の男性にお心当りは？」

「さあな」

酒戸は大して気にもしていない様子で、「何しろ年中夜遊びしている娘だ。早いとこ結婚させようとしたんだが……」

亜由美たちは、ホテルの警備センターで、映像を見ていた。

「ともかく、誘拐されたのは美亜ではなかった。駆け落ちも困ったもんだが、なあに、金がなくなりゃ帰って来る」

酒戸はさっさと出て行こうとする。

「待って下さい」

と、亜由美は言った。「誘拐された内山久美子を無事に取り戻したいんです。協力して下さい」

「そんなことは警察の役目だろう。俺は知らん」

と、酒戸は肩をすくめた。

「もし誘拐したのが別人だったと分れば、久美子の命が危《あぶな》いのです。ここは、やはり美亜さんが誘拐されたことにしておいていただきたいんです」

「それはどういうことかね？」

「犯人から身代金の要求があったら、承知していただきたいんです」

「何だって？　馬鹿を言わんでくれ」

と、酒戸は笑った。「赤の他人に、金を出せと言うのかね？」

「一旦《いったん》出していただくだけです。久美子を取り戻すには、それしか──」

「金を取り戻せるという保証がどこにある？」

「それは……。でも人の命にかかわることですから」

「他人の命だ。その娘の親に出させれば良かろう」

「久美子は、お金に困って身替りを引き受けたんです」

「まあ、無事を祈っとるよ」

そのとき、酒戸のケータイが鳴った。

「もしもし」

酒戸はケータイに出て、「──ああ、俺だ」

「あなた！　どうなってるの？　美亜は見付かった？」

妻の信代からである。

「それがな、心配いらんのだ」

「何ですって？」

「誘拐されたのは美亜じゃなかったんだ」

「どういうこと？」

酒戸は事情を説明して、

「今、ビデオでも確かめた。美亜じゃない。何とかいう身替りのアルバイトだ」

「まあ……。じゃ、美亜は――」

「どこかの男と旅行にでも行ったんだろう。その内連絡して来るさ」

「そんなことだったの……。心臓に悪いわ」

と、信代が言った。

「お前の心臓がそう簡単に止るもんか」

と言って、酒戸は笑った。

そばで聞いていて、塚川亜由美は腹が立った。――誘拐された内山久美子が今、どんな目にあっているか分らないというのに、よく笑えるものだ。

「ああ、これから帰る。お前はどうするんだ?」

「せっかく入院したんですもの。一泊して行くわ」

ホテルのつもりらしい。

酒戸はケータイをポケットへ戻すと、

「君もご苦労だったな」

と、殿永に言って、さっさと出て行く。

「待って下さい!」

亜由美は追いかけて行ったが、ホテルのロビーへ出て、足を止めた。

ロビーにはTV局を始め、大勢の報道陣が待ち構えていたのだ。そしてワッと酒戸を取り囲んでしまった。

「酒戸さん！　犯人から連絡はありましたか！」

「身代金はいくらですか！」

と、質問が飛ぶ。

「待って下さい！」

と、亜由美は叫んだが、記者やリポーターの声にかき消されてしまう。

「その件なら心配いらん」

酒戸がよく通る声で言った。「誘拐されたのは、娘ではなかったことが分った」

亜由美はため息をついた。——どうなるだろう？

「酒戸さん、それは……」

「娘はたまたま気が向いて、旅行へ出た」

と、酒戸は言った。「誘拐されたのは、身代りのアルバイトだった」

報道陣がさすがに呆気《あっけ》に取られる。——酒戸は、

「そういうことだ。後は警察に訊いてくれ」

と言うと、報道陣を押しのけ、ホテルを出て行ってしまった……。

2　犯人たち

三人は疲れ切っていた。

――薄暗い倉庫のような廃屋の中、内山久美子は脚の一つが短くなって安定の悪い椅子に座らされ、手足を縛られていた。

涙はもう出ない。――こんな所で泣いても騒いでも、誰も来てはくれない。

それより、今はウェディングドレスのままなので、寒かった。――こんなことになるなんて！

連れ出されたときには、

「私、違います！　花嫁じゃないんです！」

と叫んでみたが、全く聞いてもらえなかった。

そして、縛られ、猿ぐつわをかまされて、車でここへ連れて来られた……。

ここへ来ることは予《あらかじ》め決めてあったのだろう。車を奥へ隠し、三人の男たちは、まず缶ビールをあけて乾杯していた。

「やった、やった！」

と、若い方の二人は飛び上って喜んでいたが、もう一人はリーダーらしい中年の男で、「そうはしゃぐな。大変なのはこれからだぞ」

と、若い二人をいさめていた。「誘拐で一番難しいのは、身代金を受け取ることなんだ」

「なあに、何とかなるさ。なあ、ミツル」

「金のためなら、どんなに難しいことだってやってやらあ」

——話しているのを見ていて、久美子にも三人が「ミツル」「ケン」、そして「笹《さ さ》井《い》」という名だと分った。むろん中年男が「笹井」だ。

一人が、

「笹井さん——」

と呼びかけて、

「名を呼ぶな！」

と叱られたが、一度分ってしまえば仕方ない。

久美子は、猿ぐつわを外されていたが、何も言わずにいた。

少し落ちついてくると、久美子にも自分の置かれた立場が分って来たのだ。

ともかく、自分は大金持の酒戸雄太郎の娘、美亜と間違えられて誘拐されて来たのだ。この三人は、まさかアルバイトの花嫁だったとは思ってもいない。

どうなるだろう？　——ニュースで、誘拐されたのが酒戸美亜でないことが分ったら……。

そのときのことを考えると、恐ろしかった。

そして三人は、

「身代金をいくらにするか」

で、議論を始めたのである。

「一千万じゃどう？」

と、初めに口を開いたのは「ミツル」という男で、一番太っていて動きが鈍い。

誘拐して逃げるときも、他の二人から、

「急げ！　このノロマ！」

と怒鳴られていたが、頭の方もあまり良くないようだ。

一千万、という発言に、他の二人は唖然《あぜん》として、

「お前……どうかしてるんじゃねえか？」

と、ケンが言った。「億だよ、億！　桁《けた》が違ってるぜ！」

「億か……」

と、ミツルは首をかしげて、「億って、0がいくつつくんだ？」

「そりゃあ……四つ。あれ？　五つかな？」

ケンの方も、少なくとも数学には弱そうだった。

「全く、お前らは……」

と、笹井がため息をついて、

「一億でも、0は八つつくんだ」

「0が八つ！」

と、ミツルが目を丸くして、「数えるの、大変そうだな」

「一億じゃ少な過ぎる」

と、笹井は言った。「相手はパチンコ店チェーンでボロ儲《もう》けしてるんだ。その一人娘。少なくとも十億はふんだくってやらなきゃな」

十億円！　——聞いていて、久美子は、それが幻と消えたとき、三人がどう思うか、想像するだけで恐ろしかった……。

その後、誰が身代金要求の電話をかけるか、どこへ金を持って来させるかなど、三人はあれこれ話し込んですっかり疲れた様子だった。

「——おい、腹が減ったよ」

と、ケンが言った。

「そうだな。ミツル、弁当を買って来い」

「うん！　俺もぺこぺこだ！　金のこと話してて忘れてたよ」

太ったミツルは、見るからに食べそうだ。

「何の弁当がいい？」

というので、またもめて、結局、笹井が、

「よし！　前祝いだ。俺が出してやるから、一番高い焼肉弁当を買って来い！」

と、太っ腹なところを見せた。「ただし、千円以下だぞ」

あまり太っ腹でもなさそうだ。

「飲物もな。ペットボトルのウーロン茶だ。じゃ、早く行って来い」

「うん！」

ミツルが奥の車の方へと歩き出す。

「おい、待て！」

と、笹井が言った。「お前、車で行く気か？」

「え？　だって、コンビニまで、歩いたら二十分はかかるよ」

「いいか。その車は、そいつをさらって来るとき、監視カメラに映ってるんだ。そんなもん乗り回したら、アッという間に捕まる」

「ええ？　じゃあ、歩いて買いに行くの？」

と、ミツルが口を尖《とが》らす。

「当り前だ！」

「じゃあ……ケンも一緒に」

と、ミツルが言った。「俺一人じゃ、ウーロン茶まで持てねえよ」

「しょうがないな。おい、ケン。お前も行って来い」

「何だよ……」

ケンは仏頂面で「仕方ねえ。行くか」

二人は行きかけたが、ふとミツルが足を止めて、

「笹井さん」

「何だ？」

「そいつの分も買って来る？」

ミツルの言葉で、他の二人が一斉に久美子を見た。久美子はあわてて目を伏せた。

「——忘れてた」

と、笹井は言って、久美子の方へやって来ると、「おい。何か食うか」

正直、お腹は空《す》いていた。しかし、今はそれどころでは……。

「よろしければ……お願いします」

と、久美子は言った。

「分った。何でもいいな？」

「ええ」

「じゃ、行って来るよ！」

ミツルが、食い物を買ってくるというので、張り切っている。

「やれやれ……」

一人残った笹井は、久美子の方を向くと、

「ま、しばらく辛抱してもらおう」

と言った。

四十代半ばといったところか。近くで見ると、なかなかインテリ風だ。

「手首はどうだ？　痛いか」

「少し……」

と言って、久美子はクシャミをした。

「そうか。そのドレスじゃ寒いよな」

笹井は車から毛布を持って来ると、久美子にかけてやった。

「ありがとう」

「なあに、身代金をいただくまでは大事にしなきゃな」

笹井は椅子を持って来て座ると、「大金持の娘ってのは、どんな気分だ？」

「私は――」

と、つい「金持じゃない」と言いそうになって、あわてて口をつぐんだ。

「まあ、金持の家に生まれなきゃ、こんな目にもあわずにすんだのにな」

笹井は久美子を見て、「金さえ手に入ったら、ちゃんと帰してやる。心配するな」

その肝心の金が、手に入らないのだ。

久美子は、黙っているのが却《かえ》って辛《つら》くて、

「お金が入ったら、どうするんですか？」

と訊《き》いた。

「さあ、他の二人は知らないな。大体、あんまり考えてない奴らだ」

と、笹井は肩をすくめた。「大方、酒や女に派手に使って、目をつけられ、捕まっちまうだろうな」

「じゃ、あなたは……」

「俺か。俺には夢があるんだ」

笹井が突然宙を見て、口もとに笑みを浮かべたので、久美子はびっくりした。――この人、本気で話してるんだわ。

「外国へ行く。そこで農場を始めるんだ」

「農場……ですか」

「おかしいか」

「いえ、ちっとも」

と、あわてて言った。

「俺の家はもともと農家だった。しかし、突然『国道ができるから立ちのけ』と言われて、追い立てを食ったんだ」

「お金とか、出なかったんですか」

「当時の土地の価格でな。俺は東京で勤めてたんで、そういう事情を知らなかった。両親は田舎者だ。市の職員がついて来て、『これでみんな納得してる。国の政策に協力してくれ』と言われると、黙って判を押しちまった。ところが――実際には土地の値上りを見越した不動産屋が、安く買い叩《たた》いたんだ」

「まあ……」

「すべてが済んでから話を聞いて、頭に来た俺は、市役所へ乗り込んで行って、家へやって来た職員をぶん殴った。そいつはこぶを作ったくらいだったが、俺は傷害罪で逮捕され、会社もクビになった……」

「ひどい話ですね」

「そうだろ？　刑務所へ一年入れられ、出て来たら、親父は死んじまってた……。ま、こんな話、あんたにゃ関係ないな」

笹井はそう言って、「何だ、椅子が壊れてるのか？」

「あ……。ガタガタして、安定が……」

「早く言え。こっちのちゃんとしたやつと替えてやる」

「すみません」

久美子は椅子に座り直して、「――こんなこと、余計かもしれませんけど」

「何だ」

「前科があるんですね。それで誘拐なんかしたら、罪、重くなりませんか？」

「まあな」

「今、私のこと逃がしてくれたら、私、何も言いません。目隠しされてて何も分らなかったって言います。あなたの名前も言いません。ですから……」

笹井は苦笑して、

「大金持のお嬢さんにしちゃ、あんたはいい人らしいな」

と言った。「しかし、一旦《いったん》始めたことだ。失敗すりゃ一生刑務所かもしれん。しかし、このままでも同じようなもんだ。前科があれば、どこも雇っちゃくれない。――あんたの気持はありがたいけどな」

そう言うと、笹井は、

「あいつら、ちゃんと戻って来られるのかな……」

と言いながら、表に出て行った。

――久美子は絶望的な気分でため息をついた。

きっと今ごろは、「誘拐されたのは別人だった」と、TVのニュースでも流れているに違いない……。

しかし、三十分もすると、ミツルとケンの二人は、しっかり弁当やお茶を買って戻って来たのだった。

「さあ、食おう」

と、ミツルも上機嫌で、「おい、お前も食え。同じ焼肉弁当にしてやったぞ」

「おい、縛られてちゃ食えねえだろ」

と、ケンが言った。

「あ、そうか。じゃ、ほどいてやろう。逃げるなよ」

「はい……」

どうなってるんだろう？

ともかく、手首を縛っていた縄を解かれ、弁当をもらって、久美子は食べ始めた。

――もしかすると、誘拐されたのが本当に酒戸美亜だと思われているのだろうか？

それなら、身代金を払ってくれるかもしれない。そして自由にしてくれるかも……。

少し希望が出てくると、急にお腹が空いて来て、久美子はアッと言う間に弁当を食べてしまった。

「――もういいだろう」

と、三人とも食べ終って、笹井が言った。

「身代金の電話だ」

「じゃあ……」

「十億だぞ」

笹井はニヤリと笑って、ケータイを取り出した。

久美子は緊張した。──笹井は予《あらかじ》め酒戸のケータイ番号を調べておいたらしい。

「──早く出ろ」

と、眉《まゆ》をひそめる。

「誰だ？」

大きな声で、久美子の耳にも届いてくる。

「酒戸雄太郎さんかね」

と、笹井が言った。

「そうだが」

「電話を待っていたと思うがね」

「──何だと？」

「こっちは、あんたの娘さんを預かっている。身代金を出してもらって、お返しする。その相談をしたい」

しばらく沈黙があった。──久美子は両手を固く握り合せていた。縄を解いたままにしてくれていたのだ。

「もしもし」

と、笹井が言った。「時間を稼いで、逆探知しようっていうのなら、やめた方がいい。当然、刑事さんも聞いているだろうが――」

すると――向うは爆発するような勢いで大笑いしたのである。

久美子は青ざめた。

望みは打ち砕かれた。知っているのだ、もう。

笹井はムッとした様子で、

「笑っていられる場合ではないと思うがね」

と言った。

「何も知らんのか」

と、酒戸が言った。「TVを見てないのか?」

「何だと?」

「お前らが誘拐したのは、うちの娘ではない。娘に頼まれて身替りになったアルバイトの大学生だ」

酒戸の声は全員に聞こえていた。三人が一斉に久美子を見る。

久美子は思わず目を伏せてしまった。別に自分が悪いことをしたわけでもないのに、申し訳ないという気持になったのだ。

「そういうわけだから、身代金など一円も出せん。ま、せいぜい女子大生相手に楽しむんだな」

そう言うと酒戸はもう一度大笑いして、切ってしまった。

3　窮　地

長い、途方にくれたような沈黙があった。

笹井もケータイを手にしたまま黙っていたが、他の二人、ミツルとケンは、何が起ったのかよく分っていない様子だった。

――永遠に思えるような沈黙の後、ミツルがポツリと言った。

「で……何だって？」

「お前……聞いてなかったのか？」

ケンが我に返ったように、自分のケータイを取り出した。ニュースの画面を出すと、

「――本当だ。〈花嫁誘拐は別人だった！〉と出てる」

と言った。「誘拐されたのは内山久美子さん、十九歳……」

笹井は、久美子の方へやって来ると、

「本当なんだな」

と言った。

「ごめんなさい！　どうしても言えなくて」

つい謝ってしまう。

「内山……というのか」

「内山久美子です」

「どうして身替りなんか……」

「アルバイトで、頼まれて」

久美子は、事情を説明した。

その話をしている間に、ミツルとケンの方も、やっと状況を理解したらしい。

「――畜生！」

最初に爆発したのはケンの方だった。「こんなことってあるかよ！」

「じゃあ……金は手に入らないのか……」

ミツルは怒る元気も失くしたようで、椅子に座って立てなくなってしまった。

笹井一人、じっと押し黙って考え込んでいた。――久美子は、この先どうなるのか、見当もつかず、じっと顔を伏せていた。

「おい！」

と、ケンが言った。「このままじゃあ気が済まねえ。このふざけた女、めちゃくちゃにしてやろうぜ！」

久美子はケンが近付いてくると、

「お願い！　やめて！」

と、目をつぶった。

「よせ」

笹井がケンを遮った。「この子を責めちゃ可哀そうだ」

「だって――」

「考えるんだ。少しでも身代金を手に入れよう」

「あの……」

と、久美子は言った。「うちは貧乏です。母と私の二人暮しで、父は今刑務所です。とっても身代金を払うような余裕はありません」

「まあ、そうでもなきゃ、そんな妙なアルバイトなどしないだろうな」

と、笹井が言った。「しかし、このままあんたを帰すわけにゃいかない。分るだろ？」

「はあ……」

「よし。――もう一度、酒戸に連絡しよう！」

「でも……」

「何てったって、娘の代りに誘拐されたんだ。少しは金を出したっていいだろう」

「お気持は分りますけど……。でも、美亜さん、父親は金持だけど凄《すご》いケチだって言ってました」

「そうだな……」

笹井はまた考え込んだが、「――よし、こうしよう」

「本当にあの子、とんでもないアルバイトを……」

と、嘆いているのは、久美子の母、内山充子《みつこ》である。

「元気出して下さい」

と、亜由美が言った。

「ありがとう、塚川さん」

と、内山充子は言った。「あの子だって、ひと言、言っていてくれたら……」

充子はパジャマの上にバスローブをはおっていた。――心臓がもともと悪かったのだが、夫が捕まって刑務所へ入れられてしまうと、心労とショックで寝込んでしまったのだ。

入院するとお金がかかるというので、充子は自宅で寝ていた。

亜由美が訪ねて来たので、起き出して来たのだ。

TVのニュースが、また久美子の誘拐事件をやっている。

ともかく、酒戸雄太郎が有名な金持だというので、久美子の「アルバイト」の話もニュースになっているのだ。

「——ただいま入りましたニュース」

と、ニュースキャスターが言った。「え？　——何だって？」

と、びっくりしている。

あわててカメラの前へ戻ると、

「ただいま、このTV局に、内山久美子さんを誘拐したと名のる男から、電話がかかっているそうです」

「まあ！」

充子が目を丸くした。

「どうしてTV局に……」

と、亜由美は言って、リモコンで、TVの音量を上げた。

「スタジオへつないでもらっています。——もしもし」

と呼びかけると、

「あんたは？」

と、男の声がスタジオに響いた。

「このニュースワイドのキャスターです」

「こっちは誘拐犯だ」

「あの……失礼ですが、いたずらじゃないですよね？」

「疑うのなら、声を聞かせてやる」

と、少し間があって、

「あの……内山久美子です」

と、おずおずとした口調で、「本当のことなんです」

「久美子の声だわ！　久美子！」

充子は、まるでTVに呼びかければ向うへ聞こえるとでも言うように叫んだ。

「分りました。で、ここへかけたのは——」

「身代金の要求だ」

と、犯人が言った。「本来、酒戸美亜って娘を誘拐するはずだった」

「聞いています」

「しかし、酒戸雄太郎に電話したところ、鼻で笑われてしまった。別人のために身代金など出せんと言うんだ」

「なるほど」

「しかし、本当なら娘が誘拐されていたところだ。この内山久美子って子はいわば身替りになったんだ。酒戸雄太郎はこの娘のために身代金を払ってもいいはずだ」

と、犯人は主張した。

「しかし、それは……」

「こっちも、娘を無事に返してやりたい。身代金三千万を払うよう、酒戸雄太郎に要求する。そう伝えてくれ」

「分りました。しかし……」

「返事はその番組へよこすように言え。TVで答えを聞く」

そう言って、犯人は電話を切った。

――亜由美は、内山充子が立ち上るのを見て、

「どうしたんですか?」

「出かけます」

「お体にさわりますよ」

「娘の命がかかってるんです!　じっとしてはいられません」

むろん母親の気持はよく分る。

「でも、今寝込まれたら。――久美子さんが心配しますよ」

亜由美は、何とか充子を思いとどまらせると、

「私、酒戸さんに会って来ます。待ってて下さい。殿永さんっていう優秀な刑事さんと一緒ですから」

と、急いで充子の家を出た。

駅へ向う途中、歩きながら殿永のケータイへかけた。

「殿永さん、TV、見ました?」

「ええ。今、どちらです?」

「久美子のお母さんを、アパートに訪ねていたんです。今から酒戸の所へ——」

「私もです。今、酒戸はMホテルのバーにいます」

「分りました。じゃ、向うで」

亜由美は足取りを速めた。


「身代金を払えだと?」

アルコールの入った酒戸は、ますます大きな声になっていた。

「払って下さいと言っているわけではありません」

と、殿永が言った。「用意して下さいと申し上げているんです。身代金を受け取りに来た犯人を必ず逮捕してみせます」

「だったら、三千万、警察で用意したらよかろう」

と、酒戸は手を振って、「万が一にも、三千万も持っていかれるなどと考えただけでゾッとする」

「ですが——」

「要はお前らが犯人を早く捕まえんからいかんのだ! この能なしめ!」

酒戸はそう言って大笑いした。

——Mホテルのバー。

殿永が、「三千万円を見せ金として用意してほしい」と依頼したのを、酒戸はアッサリ拒んだ。

バーには、TVカメラもやって来て、中継していたのだ。

「誘拐された娘さんの身に万一のことがあったら、酒戸さんとしても後味が悪いでしょう」

と、女性のリポーターがマイクを手に言った。

しかし、酒戸はウイスキーのグラスを空けると、

「他人の娘がどうなろうと、知ったことか！　交通事故で死ぬ奴だっている」

と言って、「出るぞ！」

少しもつれる足でバーを出た。TVカメラがあわてて追いかける。

「——むだだったか」

と、笹井が言った。

車にTVが付いていたことを思い出してみんなで見ていたのである。

酒戸が上機嫌でホテルのロビーを横切っていく。

「どうするんだ？」

と、ケンが言った。「これじゃ一文にもならねえ」

一緒に見ていて、久美子は、

「すみません……」

と、謝っていた。「うちに少しでもお金があれば……」

「俺たちがドジだったのさ」

と、笹井が言った。「仕方ない。金は諦《あきら》めよう」

「この娘はどうする？　ただで返してやるのか？」

と、ケンが言った。

「おい、ケン……」

そのとき、久美子が「アッ！」と、声を上げた。

TVに、ホテルのロビーで酒戸の前に飛び出した女が映った。

「お母さん！」

内山充子だった。

「充子さん！　具合が悪いのに」

と、亜由美はびっくりして言った。

充子は酒戸に向って、

「内山久美子の母でございます」

と、頭を下げ、「お願いです。娘のためにお金を出してやって下さい！　もしお金が戻らなかったら、一生かかってでもお返しします！　お願いです」

「金か？　三千円なら出してやってもいいぞ」

と、酒戸は笑って言った。

「お願いです！」

充子がロビーの床に正座して、頭を下げた。

「お母さん、やめて！」

と、久美子が叫んだ。「そんな男に土下座なんかしないで！」

「邪魔だ！　どけ！」

酒戸が充子を押しのけるように歩き出す。酔ってふらついていたせいもあってか、充子をけとばすような形になって、充子は倒れた。

「充子さん！」

亜由美が駆け寄ったが——。

「殿永さん！　救急車を！」

亜由美の声がロビーに響いた。


「内山充子さんは病院へ運ばれましたが、心臓の発作で亡くなりました」

と、アナウンサーが言った。「酒戸氏の行為に批判の声が上っています……」

「お母さん……」

TVを見ていた久美子は呆然《ぼうぜん》としていた。

「気の毒だったな」

と、笹井が言った。「――さ、あんたはもう自由だ。帰っていいぜ」

ケンもミツルも文句はないようだった。

「車で送ってくわけにゃいかないが……。歩いて二、三十分で広い通りに――」

「帰りません」

と、久美子は言った。

「何だって？」

「私――帰りません」

「しかし――」

「皆さんだって、一銭にもならないんじゃ、つまらないでしょ」

と、久美子は言った。「私がお金を手に入れてあげます」

「おい、あんた……」

「一緒にやりましょう!」

と、久美子は立ち上った。

「やる、って?」

久美子は深く息をついてから言った。

「本当に酒戸美亜を誘拐して、十億円、もぎ取ってやる!」

笹井たち三人が愕然《がくぜん》として、ウェディングドレス姿の久美子を眺めていた……。

4　出会い

「ああ……」

少しふらつきながら、浴衣《ゆかた》姿の八田圭治は廊下を大浴場へ向っていた。

人が見たら酔っ払っているように見えただろうが、本当はくたびれていたのだった。

「何しろ……美亜の奴……」

食事をして、もう一度温泉に入ってから、美亜は早々と圭治を布団の中へと引張り込んだ。そしてたっぷり三時間近く、二人は激しく愛し合ったのである……。

美亜は、すっかり満足した様子で、裸のまま眠ってしまったが、くたびれ果てた圭治は汗だくになっていて、

「このままじゃ眠れない……」

と、タオルを手に、大浴場へと向っていたのだった。

「あいつ……どうしてあんなにタフなんだ？」

まあ、こういうときは男の方がくたびれるのは分るとして、美亜は自分も積極的で、圭治が、

「少し休ませてくれ！」

と、悲鳴を上げたほどだった。

おかげで、大浴場へ向う圭治の足取りが右へ左へとカーブしていたのである。

やっと大浴場へ辿《たど》り着くと、圭治は熱い湯にザブンと飛び込んだ。

そろそろ十二時になろうという時刻。大浴場には、どこかのバーで飲んで来たらしい客が結構入っていた。

顎《あご》までお湯に浸《つか》っていると、眠ってしまいそうになる。

「こんな所で溺《おぼ》れちゃみっともないな」

と、ブルブルッと頭を振ったが――。

「おい」

と、斜め後ろにいた客が言った。「顔へかかるぜ。ちっとは周りを見ろ」

「あ……。ごめんなさい」

と、圭治はあわてて言った。

何しろ気が弱いので、人と争う気になれない。ケンカなんかしたこともなかった。

「まあ、いいよ」

と、その男は言った。「酔っ払ってるのか?」

「いえ……。僕、アルコールにはとても弱いんです」

「ふーん」

男は湯気を通して、圭治のことをじっと見ていたが、「——もしかして、八田圭治君か？」

「え？」

圭治は仰天して、目を丸くした。

「そうだろ？」

「はあ。八田圭治ですが……」

と、首をかしげる。

「やっぱりそうか」

と、男はツルンと顔をなでて、「俺だよ、仲根《なかね》紘一《こういち》。忘れたか？」

「——あ！」

それでも少し間はあったが、「仲根さん。あのバイト先で……」

「そうさ。憶《おぼ》えてたか？」

「そりゃもう……。偶然ですね！」

「全くな」

仲根紘一は、八田圭治が高校生のとき、学校をサボってアルバイトに行っていた芸能事務所の人間だった。

「圭治君。今いくつになったんだ？」

と、仲根が訊《き》いた。

「二十一です」

「二十一か！　早いもんだな。あのとき、君……」

「十七でしたね。きっと」

「そう。それくらいだったな。年齢詐称してバイトに来ただろ、十八って」

「そうでした」

と、圭治は思い出して、「仲根さんにばれちゃったけど、内緒にしといてくれて……」

「まあ、罪のない嘘じゃないか。――君が二十一。俺は四十五になったよ」

「そうですか。でも、ちっとも変りませんね、仲根さん」

「そうかい？」

「まだあの事務所にいるんですか？」

そう訊かれて、仲根はちょっと目をそらし、

「いや、今度独立することにしたんだ」

と言った。

「独立？　へえ！　凄《すご》いなあ。仲根さん、仕事できましたもんね」

「おいおい、こんな所でお世辞か？」

と、仲根は笑った。「そろそろ出ようぜ」

「ええ……」

お湯に浸っていただけで、圭治は大分すっきりしていた。

結局、仲根から、

「せっかく会ったんだ。一杯やろうぜ！」

と誘われて、断れなかった。

圭治は、アルバイトしていたときも、仲根がよく後輩の若い社員を飲みに誘っていたのを思い出した。

どうやら、そういうところも変っていないらしい。

浴衣姿で、二人は廊下へ出た。

「外に出ても、もう開いてないだろう。この中のバーは午前一時までやってるんだ。パッとしないが、ここは東京じゃないからな」

と、仲根に肩を抱かれた。

「僕、アルコールはどうも……」

「あ、そうか。二十一になっても？　あのころ、ビール飲ませたら、引っくり返ったことあったよな」

「そうでしたね」

「じゃ、ジンジャーエールでも飲んどきゃいいさ。いや、懐しい！」

圭治は、仲根にやたら感激するくせがあったことも思い出した。

他に行く所もないからだろう。旅館の中のバーには、結構人が入っている。

奥の方のテーブルに何とか落ちつくと、

「ビール一杯ぐらいは大丈夫なんだろ？」

と、仲根に言われて、やっぱり圭治は断り切れなかった。

まあ、一杯ぐらいなら、さすがに引っくり返ることはない。その点、美亜はやたら酒が強かった。

「圭治君、一人で泊ってるのか？」

「いえ、二人です」

「というと……彼女と？」

「はあ……。ま、一応は」

「へえ！　やるじゃないか」

ビールをグラスに注いで、「さ、ともかく乾杯といこう！　再会を祝して、乾杯！」

「はあ……」

——圭治が十七歳なのにさばを読んでまで〈G芸能事務所〉にアルバイトに行ったのは、当時人気のあったアイドルの所属事務所だったからだ。

「もしかしたらあの子に会えるから」

と、少年らしく単純に考えてのことだった。

実際には、イベントの手伝いに行ったとき、遠くからチラッと見ただけだった……。

ビールをグラス半分くらい飲むと、たちまち顔が赤くなった圭治。

「あの子、どうしてます？」

と、仲根に訊いた。

「誰のこと？」

「安美《あみ》ですよ。僕、安美ちゃんに会いたくてバイトに行ったんです」

「何だ、そうだったのか」

仲根は早くもビールを飲んでしまって、「おい、ウイスキー、水割り」

と、注文している。

「安美は色々あってな……」

と、仲根は曖昧《あいまい》に言った。「ともかく今は開店休業だな」

「TVで見ませんね」

「まあ、芸能界は入れ代りが激しいからね」

と、仲根は言った。「今は誰のファンなんだい？」

「いえ、特別……。〈G芸能〉では今、大川《おおかわ》ユミカですか、トップ」

大川ユミカは、圭治より一つ年上の二十二歳。

「うん、まあそういうことになるかな」

と、仲根は言った。「ときに、君の彼女はどんな子だい？」

「はあ……。同い年で、何だか気まぐれな子なんですよ」

と、圭治は言った。

「しかし、二人で旅行とは優雅じゃないか」

「旅行っていっても……。僕たち、駆け落ちしたんです」

「駆け落ち？　へえ、圭治君も大胆なことするもんだね」

「いえ……。何だか彼女に引張られて……」

仲根は、圭治がどうしてこんな高い旅館に泊っているのか、ふしぎだった。しかも、駆け落ちというのだから、普通ならこんな旅館には泊れない。

「しかし、この先、生活していくあてはあるのかい？」

と、仲根は訊いた。

「まあ……お金はあるんで……」

仲根は「お金」という言葉は絶対に聞き逃さなかった。

「へえ。じゃ、圭治君、よほど稼ぎのいい仕事してたんだな」

「僕、ちっとも稼ぎなんか良くないですよ。しようもないアルバイトばっかりで」

つまり、「お金」を持っているのは彼女の方なのだ。

仲根は、こうなったら何としても圭治から彼女のことを根掘り葉掘り訊き出してやろうと決心していた。

「さ、もう少し飲めよ」

と、仲根は言った。

「あ、いえ、僕、本当に……」

と言ったものの、ビールを注がれると、飲まないと申し訳ないというので、また飲む。

そして、カクテルを二杯、三杯……。

圭治はすっかり酔っ払ってしまった。

「――なあ圭治君。さっき彼女のことを言ってたな」

「え？　ああ……美亜のことですか……」

と、もつれた舌で、「何だか、とんでもないことになるかもしれないんですよ」

「どういう意味だい？」

「――札束」

「何だって？」

「あいつのバッグ開けてみたら、札束がごっそり……。これって、悪い夢なんでしょうか？」

札束だって？

仲根はがぜん興奮して来た。

「あいつ……きっとヤクザの親分の娘か何かなんですよ……。僕、殺されちゃうかもしれません……」

と言うなり、圭治はコクンと眠ってしまった。

駆け落ちした女が、札束を「ごっそり」持っている？

圭治がでたらめを言っているとは思えない。ということは……。

仲根は、圭治の浴衣《ゆかた》の帯に挟んであったルームキーを抜き取った。昔風の部屋番号を書いてあるキーだ。

圭治を、このまま寝かせといて……。

仲根はバーの中を見回した。まだ何人か客がいる。そっと立ち上って……。

ケータイが鳴り出して、仲根はびっくりした。畜生！　こんなときに！

「――もしもし」

「今、やっと着いたのよ」

と、不機嫌な女の声が言った。

「遅いじゃないか。もう今夜は来ないと思ってた」

「仕方ないでしょ。パーティ、なかなか抜けられなくて」

「今、どこなんだ?」

「駅前。でもさ、タクシーもないのよ。どうしたらいい?」

仲根は少し迷ったが、仕方ない。彼女を放っておくわけにもいかない。

「今、旅館の車を出してくれるように頼むから、そこで待っててくれ」

「急いでよ。私、もうクタクタ」

相当に不機嫌だ。——仲根もスターのわがままには慣れているが、本気で怒らすとどうなるか分らない。

急いで旅館のフロントへ行って、

「連れが駅に着いて困ってる」

と説明した。

しかし、

「もうこの時間は運転手が……」

と、渋っている。

「じゃ、何とかタクシーでも手配してくれよ」

「こんな時間、捕まるかどうか」

「車、あるのか? 俺が運転する」

「ですが、お客様、お酒飲んでおられますでしょう」

「こんな所で取締りなんかやってないだろ」

と、仲根は言った。

「でも万一分りますと、当方の責任が……」

「じゃ、朝まで放っとけって言うのか？」

フロントの所で、やり合っていると、

「私、運転してあげましょうか？」

と、声をかけて来たのは、大浴場から戻るところらしい浴衣姿の女の子だった。

「――君が？」

「私、眠って、お風呂《ふろ》入って来たから、アルコール抜けてるし。普通の車でしょ？」

仲根は迷ったが、大川ユミカを放ってはおけない。

「じゃあ……頼めるかな。バイト代、払うよ」

「いいですよ」

と、女の子は笑って、「ね、車のキー、ちょうだい」

旅館の方も他に仕方ないので、その女の子に車のキーを渡した。

「青い乗用車です。表に停めてある」

「分ったわ。行きましょ」

「その格好で？」

「少し涼みたいの。暑くって」

仲根はさっさとサンダルをはいて出て行く浴衣姿の女の子の後を、あわてて追いかけて行った。

5　決意

亜由美が起き出したのは、昼過ぎになってからだった。

「ああ……。参った！」

パジャマ姿で大欠伸《あくび》しながら居間へ入って行くと、

「お目覚めですか」

殿永がソファに座っていた。

「あ……。ごめんなさい！」

亜由美はあわててパジャマの前が開いていないか見下ろした。

まあ、これまで相当ひどいなりも見られているので、恥ずかしいということもないのだが。

「まあ、亜由美」

母の清美が紅茶を運んで来て、「殿永さんはもう三時間も前から待ってらっしゃるのよ」

「いや、せいぜい三十分ですよ」

と、殿永が訂正する。

「お母さん！　どうして三十分が三時間になるのよ」

「そんなこと言ってる間に、顔洗ってらっしゃい！」

全くもう……。

亜由美は、ともかく精一杯急いで仕度をして、居間へ下りて行った。

「お母さん、コーヒー」

「はいはい」

と、清美が立って行く。

「殿永さん、久美子のこと何か……」

「いや、誘拐に使われた車は見付かったんです。今朝ですが」

「で、何か――」

「手がかりは今のところありません」

「そうですか」

久美子は、母親が死んだのを知っているのだろうか？

犯人たちにしてみれば、久美子をさらっても一文にもならなかったのだ。久美子がどうなるか、亜由美も心配だった。

「マスコミでは、酒戸雄太郎が叩《たた》かれていますがね」

と、殿永は言った。「しかし、そんなことでめげるような男じゃありませんからね」

「そうですね……」

亜由美はため息をついた。

清美のいれてくれたコーヒーを一口飲んで、

「苦い！」

と、目を白黒させる。

「それぐらいでなきゃ、目が覚めないでしょ」

と、清美は平然としている。

「本当に……。殿永さん、本物の酒戸美亜の行方は……」

「それも分っていません。この騒ぎを知らないはずはないと思うんですがね」

「それにしても……久美子、ツイてないんだわ」

と言って、亜由美は自分のケータイに初めて目をやった。「──え？」

「どうかしましたか？」

「メールが……。内山久美子から！」

眠っていて気付かなかったのだ。

「久美子、ごめん！」

「どう言って来てます？」

と、殿永が亜由美の手もとを覗《のぞ》き込む。

「ええと……」

メールを読む亜由美が息を呑《の》んだ。

〈亜由美先輩

ご迷惑をかけました。

もとはといえば、こんなアルバイトを引き受けた私がいけないんですが、でもまさか、こんなとんでもないことになるなんて……。

お母さんが倒れるところを、テレビで見ていました。私のせいで、お母さんを死なせてしまったと思うと、辛《つら》いです。

私を誘拐した犯人三人は、私に乱暴なこともせず、やさしく扱ってくれました。でも、やっぱり私を生かしておいては自分たちが危《あぶな》いということで、私を殺して、どこか山の中に埋めることに決めたようです。

私も、死にたいわけじゃないけど、お母さんが死んでしまった今、後を追う覚悟はできています。

犯人たちは、けっこういい人なので、あんまり苦しくないように殺してくれるでしょう。

色々お世話になりました。

何だか変ですけど、一生に一度、ウェディングドレスを着られて良かった！

久美子〉

さようなら。

メールを読み終えると、

「久美子……。可哀そうに……」

と、亜由美はポロポロ大粒の涙をこぼした。

すると――。

「クゥーン……」

いつの間にやら、ダックスフントのドン・ファンが亜由美の足下に来て、じっと見上げていた。

「ドン・ファン！　一緒に泣いて！」

と、亜由美はドン・ファンをかかえ上げると、ギューッと抱きしめた。

「クゥ……」

ドン・ファンが目を白黒させて（?）、必死になって、亜由美の腕の中から抜け出した。

「何よ、冷たい奴ね！」

と、亜由美がドン・ファンをにらむ。

「ワン！」

足下に落ちたケータイを、ドン・ファンがくわえて持ち上げる。

「あんた、超能力で久美子の居場所とか分らないの？　役に立たない犬ね」

「ワン！」

と、ドン・ファンが抗議（？）した。

「このメールでは、どこにいるのか、さっぱり分りませんね」

と、殿永が言った。

「送って来たのは……夜明けの四時ごろだわ」

ドン・ファンが亜由美の膝《ひざ》に前足をかける。

「何よ、お腹空《す》いたの？」

「ウー……」

と、ドン・ファンは何やら唸《うな》っていたが……。

「——え？」

亜由美は改めてメールへ目をやると、「これって……」

「どうかしましたか？」

「このメール、久美子のケータイから送られて来てる。でも……誘拐されたとき、久美子、ケータイなんか持ってなかったはずだわ」

「なるほど。ウェディングドレス姿ですからね」

「ということは……。ケータイ、あのとき、どこにあったんだろ？」

「当然、着替えていますね」

「そう……。酒戸美亜と入れ替ったとき、自分の荷物をどこかへ置いたはず……」

「まだ、あのホテルにあるかもしれませんよ」

「でも、久美子がそこからケータイを取り出した。つまり……ホテルに、荷物を取りに戻った、ってことだわ」

「では、犯人たちと一緒に……。荷物がどこにあるか、久美子さん自身しか知らないでしょうからね」

「どうしてそんなこと……。殺すつもりなら、いちいち荷物を取りに戻らせたりするでしょうか？」

　二人は顔を見合せた。

「ホテルへ行ってみます」

と、殿永が言った。「ホテルのカメラに姿が残っているかもしれません」

「私も！」

と、立ち上ったとたん、亜由美のお腹がグーッと鳴った。

　亜由美はめまいを起しそうになって、

「殿永さん！　ごめんなさい。十五分待って！　お母さん、何か食べさせて！」

と、悲痛な声を上げたのだった。

「ああ……。頭痛が……」

と、圭治はほとんど一分ごとにくり返していた。

「だらしないわね、全く」

と、涼しい顔の美亜である。「さ、苦いコーヒーでも飲んで、スッキリしなさいよ」

「ちっともスッキリなんてしないよ……」

——二人は昼過ぎにやっと起き出して来て、旅館の中のティールームに入っていた。

「どうして、そんなに飲んだの？」

と、美亜がサンドイッチをつまみながら言った。「アルコール、弱いくせして」

「言ったじゃないか。以前アルバイトしてた所で世話になった人とバッタリ……」

「だけどさ、『お酒、飲めないんです』って言えばいいじゃない。何も、無理して飲まなくたって」

「俺、そういうの、苦手なんだ」

と、圭治は息をついて、本当に苦いコーヒーを飲んで目を白黒させている。

「私ね、ゆうべ面白いことに出会ったのよ」

と、美亜が言った。「圭治が戻って来ないから、もう一度温泉に入りに行ったの。

そしたら――」

「あ、仲根さん」

ティールームに、仲根が入って来たのである。一緒にいる女は、こんな所でサングラスをかけていて、まるで「芸能人です」と看板を出してるみたいだった。

「やぁ、圭治君」

仲根も少し眠そうだったが、「――あれ？　君はゆうべの……」

「あ、どうも」

と、美亜はニッコリ笑って、「バイト代、いただいちゃって」

「君……圭治君と一緒なの？」

「ええ。――あ、それじゃ、あなたが圭治君にお酒飲ませた人？」

「おい……」

「いや、本当だからね」

と、仲根が笑って、「いや、圭治君の彼女の運転は凄《すご》かった！」

「は？」

圭治は何も聞かされていないので、キョトンとしている。

「私、死ぬかと思ったわ」

と、連れの女性が言った。

「大丈夫ですよ」

と、美亜は平然と、「それまでにマセラッティ二台、傷だらけにしましたけど、生きてますから、私」

「車の代りはあっても——」

「大川ユミカの代りはいない、ですよね」

と、美亜が言って、圭治もびっくりした。

「あ……。本当だ！」

「プライベートなの。静かにね」

大川ユミカは今、二十二歳。〈G芸能〉の稼ぎ頭である。

プライベートと言っておいて、ティールームに入って来た人から、一番目につくテーブルについた。

「——そんなことがあったの？」

と、圭治は、ゆうべの出来事を聞いて、「浴衣《ゆかた》で運転してたのかい？」

「ええ。いいわよ、足下がスースーして涼しいの」

圭治はトーストをパクついた。

二日酔で、今の圭治には、美亜が持っていた札束のことを心配する余裕もなかった。

そして、ゆうべ札束の話を、仲根にしてしまったことも忘れていた。

美亜は、通りかかったウエイトレスに、

「ちょっと。コーヒー、もう一杯ちょうだい」

と、頼んだが、

「はい」

と、仏頂面で答えて、コーヒーポットを持って来て黙って注いで行く。

「──愛想のない人ね」

と、美亜は言ったが……。

「何だか……今のウエイトレス、見たことあるようだな」

と、圭治は首をかしげた。

──一方、仲根は圭治の札束の話を、もちろん忘れていなかった。

しかし、大川ユミカが夜中にやって来たことで、ゆうべは手一杯。

かくて、圭治と同様、大欠伸《あくび》が出る始末。

「いらっしゃいませ」

あの愛想の悪いウエイトレスが、仲根たちのテーブルのそばで足を止める。

「ご注文、お決りですか」

「ああ。──じゃ、サンドイッチでも。君、どうする?」

と、仲根がユミカに訊《き》く。

そして、オーダーしようとして顔を上げた仲根は目を丸くして、

「安美！　安美じゃないか」

と言った。

「どなたかとお間違えじゃないですか？」

と、ウエイトレスは言った。

「いや……安美、俺だ。仲根だよ」

ウエイトレスはキッと仲根をにらみつけて、

「落ち目のアイドルになんか興味ないでしょ！　私を見捨てといて、何よ！」

と、叩《たた》きつけるように言った。

「いや、まあ……お前が怒るのももっともだけど……」

「早く注文決めてよ！　私が文句言われるんだからね」

かつて〈G芸能〉のアイドルだった安美はかみつきそうな口調で言った。

「分ったよ……。じゃ、スパゲティ……」

「スパゲティですね」

「それとコーヒーも……」

「はい。で、そっちのスターさんは？」

と、安美が大川ユミカへ訊いた。

「私も同じでいいわ。びっくりした！　安美ちゃん、いつからここで？」

「二、三か月ですかね。色々やったわ。何しろ、あの事務所は冷たいもの」

「そう……」

「他にご注文は？　なければ――」

安美はさっさとカウンターの方へ戻って行った。

「――びっくりした」

と、八田圭治は目をパチクリさせて、「安美がこんな所に……」

「以前、アイドルやってた人？　どこかで見た顔だと思った」

と、酒戸美亜はのんびり言った。「知り合いなの？」

「いや、そんなんじゃないよ」

と、圭治はあわてて言った。

「ウエイトレスか。大変だね。働かなきゃ食べてけない人って」

と、美亜はしみじみと言った。

「それが普通だぜ」

「そうなんだ」

美亜は大真面目に肯《うなず》いた……。

「これだ」

と、塚川亜由美はテレビモニターを指さして言った。

ビデオが静止画になると、バッグを手に廊下を歩いている女の子が写っていた。

「たぶん……。これ、きっと内山久美子ですよ」

と、亜由美は言った。

誘拐犯に殺される、とメールをよこしていたが、このビデオで見る限り、特に誰かがついて来ているわけでもない。服装も、ジーンズにジャンパー。

「もし、これが彼女なら」

と、殿永が言った。「誰かに脅されているとは見えませんね」

「そうですね。——何があったんだろう?」

亜由美も首をかしげた。

「ともかく、誘拐犯が特定できないか、捜査は続けますよ」

「殿永さん、よろしくお願いします」

亜由美はホテルに残った。神田聡子と待ち合せていたのである。

ラウンジでコーヒーを飲んでいると、聡子がやって来た。

「何かあったの?」

「久美子のこと」

亜由美の話を聞いて、

「それって、どういうこと？」

と、聡子も面食らっている。

「私——思ったんだけど」

「うん……」

「久美子、お母さんが亡くなるのを、テレビで見てたんだから怒るでしょ」

「当然ね」

「酒戸雄太郎に仕返ししてやりたい、と思って当り前だわ。誘拐犯たちだって、手間かけて一円も取れなかったのよ」

「それじゃ……久美子が、犯人たちとグルになって？」

「そうなってもおかしくない、ってこと。あのメールで、殺されたと思わせ、何か企《たくら》んでるんじゃないかしら」

聡子もコーヒーを飲みながら、

「もしそうなら……。亜由美、どうするつもり？」

「久美子の気持は分るけど、でも犯罪になるようなことはさせたくない。でしょ？」

「止められるかしら？」

「何とかやってみたいの。——まず、久美子は自分のケータイを持ってる。かけてみたけど、つながらない。もちろん、電源切ってるんだろうけど、メール、送っといた。読んでくれるかもしれない」

「でも……」

「ともかく、今は久美子も誘拐犯もお金、持ってないと思うのね。となれば、どうするか……」

「必要な物を取りに戻る」

「そう。きっと夜になってからね。今夜、あのアパートを見張ろうと思うの。付合ってくれるでしょ？」

聡子はため息をついて、

「本当に、亜由美にはろくなこと頼まれない」

と、グチった。

「友情の証《あかし》よ」

と、亜由美は言った。「このコーヒー、おごるからさ」

「せめて夕飯おごって」

「でも、問題の酒戸美亜はどこにいるんだろうね」

と、亜由美は聞こえないふりをして言った……。

6　呑気な被害者

「近くに、きれいな池があるんですって」

と、美亜が圭治の腕を取って言った。「ちょっと散歩がてら見に行かない？」

「ああ……。いいよ」

圭治が少しホッとした様子で言った。

昼間から布団へ引張り込まれたらどうしようかと思っていたのだ。

「私、着替えてくるわ」

「うん。僕はこれでいいから、ロビーにいるよ」

「すぐ戻るわ」

美亜が行ってしまうと、圭治はロビーのソファにかけて、置いてあった新聞を手に取った。

〈誘拐された女子大生行方知れず〉

という記事が何となく目に留った。

知っている名前が出ていると、目を引かれるものだ。

「へえ……。〈酒戸美亜さんに間違えられて誘拐された内山久美子さんは……〉か」

と、何となく呟《つぶや》き、「――え？」

酒戸美亜って……あの美亜のことだ！

あわてて、他の新聞も取って来て記事を読んだ。

「あいつ……」

全国にパチンコ店を展開するオーナーの酒戸雄太郎の一人娘……。

そんな金持だったのか！

「じゃ、あの札束は……」

盗んだ金といっても、「自分の家の金」なのだろう。

「こんなことってあるんだ……」

と、目をパチクリさせていると、ポンと肩を叩《たた》かれた。

「読んだよ、僕も」

「仲根さん……」

「君も凄《すご》い彼女を持ってるじゃないか」

「え……」

「その、〈パチンコ王〉の娘だろ、あの子？」

「そう……らしいです」

と、圭治は言った。「でも、全然知らなかったんですよ、僕」

「家出するに当って、家からごっそり札束を持ち出した」

圭治は目を丸くして、

「どうしてそんなこと、知ってるんですか？」

「おいおい。ゆうべ、君が話してくれたんだぜ」

仲根が隣に座って、圭治の肩をしっかりと抱いた。

「僕が……しゃべったんですか？」

「ああ、酔っ払ってね」

「そうか……」

圭治はため息をついて、「飲むんじゃなかった」

「今さら手遅れだね」

「でも――美亜の代りに誘拐された子がいるんですね。警察に行って、事情話さないと」

「だめだ！」

仲根が圭治の肩を抱く手にギュッと力を入れて、「よく聞いてくれ。――今、俺は金が必要なんだ」

「は？」

「大川ユミカを連れて独立したい。しかし、それには金がかかる」

「はあ……」

「どうしたもんかと頭が痛かった。ユミカはあの通り、わがままで、金づかいも荒い」

「でも、それとこれとは——」

「同じだ！」

と、仲根は言った。「大金を手に入れるチャンスだ！　こんなチャンスは二度と来ない」

「仲根さん……。あのお金を盗もうって言うんですか？」

「君の彼女はいくらぐらい持って来てる？」

「ちゃんと数えてないけど……。たぶん三、四千万くらいは……」

「凄いな。そんな現金、この手に抱えてみたいよ」

と、仲根は首を振って、「しかし——今の俺に必要なのは、そんなものじゃない。少なくとも億単位だ」

「億……」

圭治は唖然《あぜん》として、「いくら美亜でも、そんな大金——」

「むろん、父親からいただく」

圭治は、まじまじと仲根を眺めて、

「そんなこと……。犯罪ですよ」

「ばれなきゃ、それでいい。そうだろ?」

「だけど……」

そこへ、

「ごめんね!」

と、当の美亜がやって来た。

「やあ」

と、仲根が立ち上って、「圭治君とおしゃべりしてたんだ」

「良かったね、圭治」

「うん……」

「さ、出かけよう」

美亜が圭治の手を引いて、立たせると、玄関の方へ引張って行く。

「圭治君」

と、仲根が声をかけた。「また後でね」

〈久美子ちゃん
メール、読んだよ。お母さんのこと、気の毒だったね。
でも、あなたが生きてるってこと、誘拐犯に捕まってないってことも、知ってる。

警察も分ってる。

何を考えてるの？　お願い。酒戸に仕返ししたいなんて考えてるのなら、やめて。

お母さんだって喜ばないわよ。このメールを読んでくれたら、連絡して。　亜由美〉

いい人だな……。

久美子は亜由美からのメールを消去すると、ケータイの電源を切った。

「ごめんなさい、亜由美さん」

と呟く。「気持は嬉《うれ》しいけど、私、どうしてもあの男が許せない」

むろん、酒戸雄太郎のことである。

土下座してまで、久美子のためにお金を出してくれと頼んだ母を足蹴《あしげ》にして、酒戸は笑っていた。

母が死んで、マスコミに非難されても酒戸は平気なものだ。

酒戸を目の前にひざまずかせてやる。――必ず、やってやる。

それで刑務所へ入ろうが、射殺されようが構うものか。

内山久美子の決心は固かった。

「――おい」

隣の席に、笹井が戻って来た。「サンドイッチを買って来た。食べろよ」

「ありがとう」

久美子は列車の窓から、谷川の流れを見下ろして、「もうずいぶん山の中へ入って来たわね」

「あと一時間半くらいだそうだ」

と、笹井は缶コーヒーを開けて飲みながら、「お前、ちゃんと食べてないだろ。若いのに、体に良くないぞ」

「心配してくれるの？　ありがとう」

久美子はペットボトルの紅茶を飲んで、サンドイッチを食べ始めた。

「――二人は？」

「ミツルもケンもグウグウ寝てる。呑気《のんき》な奴らだ」

と、笹井は苦笑した。

「――ね、笹井さん」

「何だ？」

久美子は、自分が自分の意志で身を隠していることが知られたと告げた。

「このケータイを使ったのがまずかったわね。でも、大丈夫。必ずやりとげてみせる」

「久美子。――無理するなよ」

と、笹井は言った。「俺たちは、元の貧乏暮しに戻るだけだ」

「私は酒戸に仕返しする。それだけ。あなた方にはお金を渡して、消えてもらうわ。

捕まったりすることにはならないから、大丈夫」

「まあ……俺たちもいい年齢《とし》した大人だ。自分のことは自分で責任を取るよ」

「少なくとも、一人一億は手に入るようにするわ」

「――その美亜って子は本当にその旅館にいるのか？」

「駆け落ちの話を楽しそうにしていて、旅館の名前が出たの。まず間違いなくいるわ」

「しかし、今度の騒ぎで……」

「私のことなんか、心配してやしないわ。父親はケチだから私を救うのを断ったけど、美亜さんは無関心なの。他人のことなんか、まるで気にしない」

サンドイッチを食べながら、久美子は言った。「だから、彼女は彼女なりにいい人なのよ。父が捕まって、刑務所行きになったときも、私と口をきかなくなった子も少なくなかった。でも、もちろんあの塚川さんとか、変らずに接してくれた人もいたわ。――美亜さんも、少しも変らなかった。美亜さんにとって、別に自分と関係ないことなら、どうでもいいの」

「なるほどな」

「だから、塚川さんみたいに、私のことを心配もしてくれないと思う。美亜さんは私がどうなっても気にしないの」

「金持に生まれると、そんなものか」

と、笹井は言った。「その娘を誘拐しようっていうんだろ?」

「そう。——ちょっと申し訳ない気もするけど、あの父親の子に生まれたのが不運だったってことね」

「で、どうするんだ?」

「面倒な計画は立ててない。私、美亜さんに会って、外へ連れ出す。あなた方で美亜さんを車へ押し込んで」

「車をどうする?」

「用意してよ。盗むかどうかして」

「分った。——ドラマのように上手《うま》くいくかな」

「一億円稼ぐんだもの。多少は苦労してね」

久美子は落ちつき払っていた……。


「夕飯前に、一度温泉に浸《つか》ってくるわ」

大川ユミカが浴衣《ゆかた》姿でタオルを手に取った。

「あんまり顔見られるなよ」

と、仲根は言った。

「大丈夫よ。ノーメイクだもの」

ユミカは、ちょっと笑って部屋を出て行った。

「呑気だな……」

俺の苦労なんか、ちっとも分っちゃいないんだから。

ドアを叩《たた》く音がした。

「何だ、戻って来たのか？」

と、仲根は立って行ってドアを開けると、

「――安美」

「ユミカさんがお風呂《ふろ》に行くのが見えたからね」

安美は私服のジーンズ姿で、「もう勤務は終ったのよ」

と、中へ入って来る。

「ユミカもすぐ戻るぞ。何の用だ？」

と、仲根は言った。

安美はソファにゆったり寛《くつろ》ぐと、

「ね、独立するなら、私も一緒に」

「安美――」

「私ね、しっかり聞いてたわよ、あなたとあの八田圭治って子の話」

「何だって？」

「〈パチンコ王〉の娘を誘拐して、償って金をせしめようっていうのね？　そんなうまい話に、私ものせてほしいわ」

「おい……」

「仲間にしてくれないのなら、あなたの計画、ばらしちゃうからね。警察があの子を捜してるんでしょ？」

　仲根は渋い顔になって、

「俺を困らせるのか」

「当り前でしょ。私のこと、あんなにひどく――」

「分った、分った」

　と、仲根は遮った。「しかしな、ユミカはこういうことに不向きだ」

「美人だけど、頭悪いもんね」

「はっきり言う奴だ」

　と、仲根は苦笑した。「いいか。ユミカは計画に加わらない。もちろん、事情は分るだろうが、何かやらせるのはまずい」

「私の取り分は？」

「そんな話はまだ先だ」

「いいわ。ともかく――私を裏切ったりしたら、後悔するわよ」

と、安美は凄《すご》みのある口調で言った。「私、ずいぶん色んな辛《つら》い思いして来たんだからね。以前のアイドルとは違うのよ」

「安美……」

「大人になったのよ、私」

そう言うと、安美はいきなり仲根を抱き寄せて、激しいキスをした。

そして、パッと離れると、

「後で打合せしましょ」

と言った。「私のケータイにかけて」

「分った……」

――仲根は、安美が出て行くと、舌打ちした。

「まずかったな……」

安美に聞かれていたとは。今さらやめるわけにいかない。

仲根は金が必要だったのだ。

「待てよ……」

悪いことばかりでもない。いざとなったら、安美を悪者に仕立てればいいのだ。

圭治を仲間にして、あの娘を「人質」にとって、身代金を払わせる。

そう難しいことではないだろう。しかし、万一、警察にばれたら捕まる。

「そうだ……」

逆に考えることもできる。——安美があの美亜を誘拐したことにする。それを仲根が救い出す。

あの娘の父親から謝礼をせしめることもできる。

身代金と謝礼。そして、罪は安美に押し付ける。

仲根の頭の中で、計画が形をとり始めていた……。

7　侵入者

「来ないね」

と、聡子が言った。

「もうどこかへ行っちゃったのかな」

亜由美も首を振って、アパートを見上げた。

内山久美子と母親が住んでいたアパートである。

ここに久美子がやって来るのではないかと思って、夜になると様子を見に来ているのだが、昨夜も今夜も現われない。

「諦《あきら》めようよ」

と、聡子が言った。「後は殿永さんの仕事だよ」

「分ってるけど……」

できることなら、久美子が罪を犯すようなことはやめさせたい。

すると——足音がして、

「あの……」

と、声をかけて来たのは、白髪の女性で、

「このアパートの方ですか？」

「あ……。知り合いが住んでて……」

「そうですか。内山さんという方の部屋はどこかご存知ですか？」

亜由美と聡子は顔を見合せた。

どこか、田舎の町の人のいいおばあちゃんという感じの人だが。

「内山さんの所は今、どなたもおられませんが……」

と、亜由美は言った。

「お母様が亡くなったんですね。本当にひどい目にあわれて……」

「お知り合いですか？」

「いいえ」

と、首を振って、「間違って誘拐されたという娘さんは、戻っておられないんですか？」

「はあ、まだ……。人違いと分って殺されている可能性も――」

と、亜由美が言いかけると、その老婦人は突然遮って、

「いいえ！」

と、強い口調で言った。「そんなことはありません！」

「あの……」

「息子は、女の子を殺したりしません！」

「息子？」

亜由美は目を丸くして、「あなたの息子さんが——」

「娘さんをさらったんです。でも、可哀そうな娘さんを殺したり傷つけたりしません」

「ええと……。あの、ゆっくりお話を伺わせていただけませんか？」

と、亜由美はあわてて言った。


「そんなわけで——」

と、その老婦人は言った。「腹を立てた息子はお役所へ乗り込んで行って、うちへ来たお役人を殴ってけがをさせたんです」

「それで……」

「息子は捕まって、仕事もクビになり、刑務所へ入れられました。本当に悪いのは、業者に協力して私たちを騙《だま》したお役人の方だと思いますけどね。でも、捕まったのは息子の方で。そして、主人は農業しかできない人でしたから、すっかり生きる気力を失くしてしまい……。息子が刑務所にいる間に亡くなってしまったんです」

亜由美たちは、近くに見付けたファミレスに入っていた。

その老婦人は笹井糸代《いとよ》といった。そして「息子」は笹井仁《ひとし》、四十五歳ということだった。

「でも——息子さんが内山久美子をさらったと思われたのはどうしてですか？」

「あの事件の前、仁から、〈大金が入るんだ。一緒に土地を買って農業をやろう〉とメールがあったんです。でも、人違いの騒ぎがあったとき、〈失敗しちゃったんだ〉というメールが。そして……」

と、笹井糸代はひと息ついて、「TV局に電話があったでしょう。あのケチなパチンコ屋にお金を出せと。私、TVを見ていました。あの声は、仁の声です」

どうやら本当のことらしい。

「それで、どうしてあのアパートへ？」

「もしかしたら、娘さんが戻ってるんじゃないかと思って。でも、まだ仁と一緒だとしたら、何をしてるんでしょう」

「それは私たちも知りたいんです」

と、亜由美は言った。「息子さんが今どこにいるか、心当りはありませんか？」

「〈N山温泉〉です」

と、笹井糸代はアッサリと言った。

亜由美たちはしばしポカンとしていたが、

「——どうして分るんですか？」

「メールが来ました。〈とても味のある温泉だよ。今度一緒に来よう〉って。——仁は、私が心配すると思って、いつもメールをよこすんです」

「あ、あの……」

亜由美はあわてて立ち上ると、「ちょっと待ってて下さい」

と、急いでファミレスの外へ出て、殿永に電話した。

「——なるほど」

「どうやら本当らしいんです」

「そうですか。しかし……」

「すぐ〈N山温泉〉に行って……」

「待って下さい。あのビデオなどで、内山久美子さんは誘拐されていない、ということになりまして」

「は？」

「つまり、自分の意志で同行している、と。逮捕とか手配するには……」

「——分りました」

「もちろん、亜由美さんがそこへ行かれるのを止めはしません」

「殿永さん」

「はあ」

「いつも、私が危《あぶな》いことに首を突っ込む、とおっしゃいますが、そうさせてるのは、殿永さんですよ！」

「一言もありません」

「分ってて言ってるんですね。向うへ行ってくれ、と」

「そう解釈されても仕方ありません」

「分りました」

と、亜由美は言った。「交通費も出ないんですよね！」


「どうして私が一緒に行かなきゃならないの？」

と、神田聡子がブツブツ文句を言っている。

「だって、当然でしょ」

と、塚川亜由美は言った。「久美子のこと、心配じゃないの？」

「心配することと、何が起るか分らない危いことに首を突っ込むのはわけが違う」

聡子の言うこともももっともである。

「もう仕方ないでしょ！　列車に乗ってるんだから」

「ワン」

と、ドン・ファンが言った。

――亜由美、ドン・ファン、聡子のトリオは、〈N山温泉〉に向う列車の中だった。

「せめてお弁当ぐらい食べなきゃ」

と、聡子は手前の駅で買った駅弁をせっせと食べていた。

「友情のためよ」

と、亜由美は言って、「ともかく、交通費と宿泊費は父に出させたから」

「ワン」

「ドン・ファンも、それで納得しろって言ってるわ」

「勝手言わないで」

――列車はのんびりと山間《やまあい》を走っている。

久美子が誘拐犯と一緒に何を企《たくら》んでいるのか、亜由美としては、ともかく仕返しのためでも、久美子に罪をおかさせたくなかった。

「でも、いい加減当人だってTVぐらい見るでしょ。そのパチンコ王の娘」

と、聡子は言った。「自分がどういう状況にいるか分ってるはずだよ」

「そうかもしれないけど……。でも、少なくとも当人からは連絡がないわけでしょ。何てったって、『駆け落ち』してるつもりだから、当人たちは」

「でもさ、向うに着いて、久美子がいなくてその金持娘がいたらどうするの?」

「そりゃあ……いいんじゃない? 久美子が何もしない内に阻止できる」

「もし久美子が何かした後だったら？」

「そのときは……。ちょっと！　行ってみなきゃ分んないでしょ」

と、亜由美は言い返した。

「わざとしつこく訊《き》いてやったの」

と、聡子はまた弁当を食べ始めた。

――駅に着いて、亜由美たちはホームへ下り立った。

「〈N山温泉〉って聞いたけど、旅館の名前は分んないよ」

と、聡子は言った。「旅館が何百もあったら、どうするの？」

「何百ってことないでしょ。ともかく、こういう温泉の駅は、旅館の出迎えの人が立ってるもんよ。どこか適当に選んで、旅館に入ってから探そう」

「あの――笹井糸代っていったっけ？　あのお母さん、旅館の名も聞いといてくれりゃ良かったのに」

「ぜいたく言わないの」

ドン・ファンともども、無人の改札口を出て、駅から外へ出たが――。

「何もない」

と、聡子は目をパチクリさせた。

もう暗くなりかかっている。しかし――確かに、温泉町らしい町並みは見当らない。

すると、

「失礼ですが——」

と、背広姿の男がやって来て、「どちらへおいでですか?」

「あの……〈N山温泉〉って、この駅だと聞いたんですけど」

と、亜由美は言った。

「はい、確かに。旅館のご予約は……」

「いえ、まだです」

「ではお送りします」

少し離れた所にワゴン車が待っている。

「そちらは……」

「〈豪華荘《ごうかそう》〉でございます」

凄《すご》い名前だ。

「高そうだね」

と、聡子は小声で言った。

「あの——〈N山温泉〉って、どれくらい旅館があるんですか?」

と、亜由美が訊くと、

「他にはございません」

「は？」

「〈豪華荘〉が〈N山温泉〉そのものなので……」

亜由美と聡子は顔を見合せた。

一軒だけ？　——それが本当なら、捜さなくて済む！

「じゃ、泊めて下さい」

「はい、お荷物をお持ちします」

ホッとしてワゴン車の方へ歩き出したときだった。

「ちょっと待って！」

と、駅の方から声がした。

まさか……。

亜由美は愕然《がくぜん》として、振り向いた。その声が母のものであることは、もう分っていた。

「——あら、車が迎えに来てるのね。良かったわ」

と、清美がスーツケースを引いてやって来る。

「お母さん……。どこから現われたの？」

「何よ、手品じゃないんだから。同じ列車に乗ってたのよ」

「どうして黙ってたのよ？」

「間に合うかどうか分らなかったの」

と、清美は言った。「列車の時間、ぎりぎりだったのよ、お父さんが」

「お父さん?」

すると、父、塚川貞夫《さだお》がハンカチで手を拭《ふ》きながら改札口を出て来た。

「何だ、迎えの車があるのか」

と、貞夫は言って、「ちょっとトイレに寄ってた」

「お父さんまで……」

「殿永さんから聞いたのよ」

と、清美が言った。「あんたが寂しがってるから、一緒に行ってあげてください、って」

「別に寂しかないけど……」

亜由美はため息をついて、「じゃ、ともかく行きましょ」

「〈豪華荘〉? すてきな名前ね!」

と、清美は喜んでいる。

「ワン」

「では、旅路を辿《たど》るとしよう」

と、貞夫はいつも通り、もったいぶった口調で言った。

——ワゴン車が走り去って少しすると、駅の改札口からそっと顔を出した人間がいる。

ヒョロリと長身の、ジャケットを着た男。

「何かあるぞ……」

と呟《つぶや》くと、ケータイを取り出した。「——もしもし？　チーフですか？」

と訊く。

山の中なので電波が悪いのかと思って、

「もしもし、道山《みちやま》ですが。チーフ——」

「どこでサボってんのよ！」

と、凄い声が飛び出して来た。

「ああ、びっくりした！　違いますよ、サボってません」

「じゃ、どこで飲んでるの？　どうせ酔っ払ってんでしょ。あんたはいつもそうだからね」

「聞いて下さいよ」

と、道山という男はため息をついた。

「何なのよ」

ふてくされたしゃべり方は、道山の直接の上司、TV局のワイドショーのチーフプロデューサー、須川《すがわ》ゆかりである。

ゆかりが局内で発する言葉の八割は文句、グチの類《たぐい》で、今のところ、そのほぼ三分の一は道山へ向けられていた。

「例のパチンコ王の娘の事件ですよ」

と、道山は言った。「代りにさらわれた内山久美子の大学の友人を、たまたま知ってるんです」

「それがどうしたの?」

「今ね、その子が列車に乗るのを見かけたんです。ピンと来たんですよ。こいつは何かあるって」

「あんたの『ピンと来た』が当ったためしある? まあいいわ。じゃ、取材なのね?」

「もちろんです! 今、ええと……何て駅だったかな……」

「ともかく、何かネタになりそうなことを見付けたら連絡しなさい。じゃあね」

「あ、チーフ! 交通費と宿泊費——。もしもし?」

切れている。「畜生!」

須川ゆかりは今四十五歳で、局でも女性としては出世頭。道山は三十二歳独身のリポーターである。

確かに、道山は今のワイドショーの担当になって一年たつが、これというスクープを掘り当てたことはない。そろそろ何か見付けなくては、倉庫の整理係に回されるかもしれなかった……。

「何かつかんでみせるぞ」

と、道山は呟いたが、「――どこへ行きゃいいんだ？」

ワゴン車が走って行くのは見ていたが、他にタクシーも何も見当らない。

駅前にも、ポツリポツリと民家が並んでいるばかり。

道山も列車の中で、この辺のことは調べていた。しかし、ここからどうしたらいいんだ？

突っ立っている道山はポツンと冷たいものが顔に当って、

「雨か？　おい……」

文句を言うまでもなく、山の天気は変りやすい。たちまち大降りになって、道山はズブ濡《ぬ》れになってしまったのだった……。

8　すれ違い

〈N山温泉〉そのもの、と言ったのは大げさではなく、亜由美たちはその立派な旅館の構えに目をみはった。

しかし、ワゴン車を降り、正面玄関を入って、またびっくりしてしまった。

玄関を上ったロビーが、旅行客で溢《あふ》れていたのである。それも高校生らしいブレザー姿の女の子たちで、そのにぎやかなこと……。

「修学旅行ですか」

と、亜由美は訊《き》いた。

「はあ、毎年この時期においでになる、この県の名門女子高校の皆さんでして」

と、出迎えてくれた男性は言った。「少々おやかましいかと存じますが……」

少々どころじゃないだろうと思ったが、文句を言うわけにもいかない。

「部屋、あるのかしら？」

と、清美が不安そうに、「あんまり変な所じゃいやよ」

「ご心配なく。生徒さんたちは別棟に団体様用のお部屋がございましして」

「そう聞いて安心したわ」

「すぐにご案内しますので、そちらでお待ち下さい」

と言われて、ロビーのソファを見たが、すでに生徒たちで一杯。

「――温泉に入るのも大変そうね」

と、聡子が言った。「この子たちが入った後じゃ、お湯がなくなってそう」

「聡子。私たちは温泉に浸《つか》りに来たんじゃないのよ。久美子たちを捜さないと」

と、亜由美は言ったが、

「どうやって？」

と、聡子に訊かれると返事のできない亜由美だった……。

ともかく、二部屋取れて、亜由美たちが宿泊カードに記入していると、

「あ！　可愛い！」

女子高校生の一人が、上り口に控えていたドン・ファンを見付けて声を上げた。

「本当！」

「きれいな毛並ね！」

たちまち、ワッとドン・ファンは囲まれてしまったのだが……。

もともと女の子大好きのドン・ファンである。女生徒たちに囲まれてケータイで写真など撮られて、すっかり気取っている。

「ちょっと、ドン・ファン！」

と、亜由美が呼んでも、ドン・ファンは知らん顔。

次々に女生徒たちが集まって来て、ロビーは大騒ぎになってしまった。

「お利口そうな犬ね！」

「ハンサムだわ！　ねえ、こんなすてきな犬、見たことない！」

少々オーバーとは思ったが、亜由美もドン・ファンがほめられれば悪い気はしない。

「ドン・ファンっていうのよ」

と、訊かれもしないのに教えたりしている。

「ドン・ファンですか。きっともてるんですね」

女生徒の一人が、亜由美に言った。

「そうね。でも人間の可愛い女の子が大好きなの。誘惑されないように気を付けて」

と、亜由美が答えると、その少女は明るく笑って、

「私、誘惑されてみたい！」

と言った。

他の子に比べても、どこか華やかな印象の女の子である。

「何年生？」

と、亜由美は訊いた。

「高二です」

「若くていいわね」

と、つい年寄じみてしまうのである。

ドン・ファンもこの子に目をつけたとみえて、ひとしきり撮影会が終ると、ノコノコやって来た。

「さすがドン・ファン」

と、聡子が言った。

「りりしい犬ですね」

と言われて、ますます得意げに胸を張るドン・ファンだった。

「あなたたち、これから……」

「各部屋に入って、夕食前に温泉に入ろうと思ってます」

「私、塚川亜由美」

「西方《にしかた》百合子《ゆりこ》です」

利発な感じの女の子だ。亜由美は何かピンと来るものがあって、

「あなたにお願いがあるの」

「何ですか？」

「私、人を捜してるの。たぶんこの旅館に泊ってるけど、偽名だと思うし、広いから見付けるのが大変。もしあなた、この子を見かけたら、教えてくれない？」

亜由美はケータイのデータから、内山久美子と撮った写真を出して見せた。

「大学生ですか？」

「ええ。私、何とかしてこの子を見付けたいの。この子が何か取り返しのつかないことをするかもしれない。手遅れになる前に見付けたい」

「何だか……深刻そうですね」

西方百合子は亜由美をじっと見ていたが、

「——分りました」

と肯《うなず》いた。

「私のケータイに、その写真、送って下さい」

「ありがとう！　捜し手は一人でも多い方がいいから」

——教師らしい女性が、

「はい！　各自、自分の部屋へ荷物を持って入りなさい！」

と叫んでいるが、何しろロビーは女の子たちのおしゃべりで、少々の大声では聞こえていない。

「何かあったら、私のケータイにかけてね」

と、亜由美は言った。

「分りました。じゃあ私……」

西方百合子が自分のバッグをさげて、同室らしい子たちと行ってしまった。

「亜由美――」

「あの子なら見付けてくれるかもしれないわ。どう思う?」

「少なくとも、何もないよりましね」

と、聡子は言った。

「まあ、すぐに二人で温泉に入りましょうよ」

と、母の清美は貞夫をせかしている。

この二人に人捜しを期待しても無理のようだ。

「ともかく部屋に行こう」

と、亜由美は聡子に言った。


「塚川さん……」

女子高生たちの姿に紛れて、内山久美子はロビーに塚川亜由美たちを見付けていた。

「――どうした?」

と、笹井が言った。

「こっちへ。隠れて」

どうしてここが分ったんだろう?

久美子は、土産物を売る店に入って、亜由美たちが部屋へ案内されて行くのを見送った。

「私にメールくれた、大学の先輩」

と、久美子は言った。

「そうか。よくここが分ったな」

「ともかく、見付かったら私のこと、止めようとするわ。——私、部屋に戻ってる。大浴場で出くわしたらまずいもの」

「そうだな」

「酒戸美亜も見付けなきゃいけないのに、面倒なことになったわ」

と、久美子が首を振って、「こんなに大きな旅館だと思わなかった。どこに美亜さんがいるのか……」

「ともかく、もうじき飯だ。その後でゆっくり考えよう」

「ええ。笹井さん、温泉に入って来て」

と、久美子は言った。「あなたたちの顔は知られてない。大丈夫よ」

二人とも、部屋の浴衣《ゆかた》姿。そこへ、

「あ、こんな所にいたんだ!」

と、ミツルがやって来る。

「ケンはどうした？」

「今来るよ。温泉が大好きなんだって」

「三人で入って来て」

と、久美子は言った。

「あれ？　久美子ちゃんは入んないの？」

ちゃっかり「友達扱い」している。

「どうせ男女混浴じゃないんだから」

と、久美子は笑って、「さ、行ってね。私は部屋にいる」

ケンも浴衣でやって来て、男三人は大浴場へと向った。

久美子はロビーが空《す》いて静かになると、部屋へ戻って行こうとした。

「お土産？」

という男の声がした。「お土産買って帰るの？」

「あら、そういう普段からのお付合が大切なのよ」

この声……。

久美子は急いで背中を向けて、商品を手に取って見たりした。

酒戸美亜だ！　こんな所で……。

ともかく、しっかり後をつけよう。

久美子は張り切っていた。

「だけど――駆け落ちして、お土産買ってくって、おかしくないか?」

と、男の方が言った。

これが駆け落ちの相手か!

久美子はちらりと眺めたが、どうもあまり一緒に旅したくなるタイプではない。

「ま、そうね。――じゃ、お風呂《ふろ》に行こう」

二人はさっさと行ってしまう。

まずい! 久美子は、焦った。

後をつけるにしても、大浴場へ行くのでは、どこの部屋にいるか分らない。

戻って来るのを待つか。しかし、ロビーをウロウロしていたら、亜由美に見付かるかもしれない。

ともかく、見失いたくないので、久美子はあわてて美亜たちを追いかけて行ったのである。


「どうもすみません」

道山はもう三回も謝っていた。「シートを濡《ぬ》らしちゃって……」

「いいんだ」

ハンドルを握る男の返事も同じだった。「困ったときはお互いさまさ」

雨に降られて呆然《ぼうぜん》と立ち尽くしていた道山に、通りかかった車から、声をかけてくれたのである。

細身のビジネスマン風の男だった。

「——人探しか」

「ええ。ちょっと知り合いの子を……」

「ここで降りたら泊るのは〈豪華荘〉しかない。まずそこにいるだろう」

「助かりました」

服はびしょ濡れで、助手席のシートは濡れてしまっているが、男は別にいやな顔もしない。

「ハクション！」

と、道山は派手にクシャミをした。

「風邪引くなよ」

と、男は言った。「向うに着いたら、すぐ風呂に入るんだな」

「そうします……」

と、道山は言った。

親切な人と出会って良かった、と道山は心から思っていた。

——相沢《あいざわ》というのが、車を運転している男の名だった。

特別親切なわけではない。

ただ、主義として——というか、一種のジンクスのようなものだが——仕事をするときは人に親切にすることにしていた。

何しろ人を殺すのが商売なので、他人に親切にすることでバランスを取っていたのである。

「もうじきだ」

と、相沢は言った。「まあ、温泉を楽しめよ」

「ありがとうございます！」

道山は礼を言って、もう一度クシャミをした。


仲根は、八田圭治から預かった鍵《かぎ》で、八田たちの部屋のドアを開けて中へ入った。

二人が大浴場へ行くというので、

「鍵を持ってくと、盗まれるかもしれないぜ。持っててやるよ」

と、圭治から受け取ったのである。

「——バッグだ」

圭治から聞いたところでは、あの娘のバッグに札束がドッサリ入っているという。

取りあえず、今も懐が寂しかったので、二つ三つ札束をちょうだいしようとしていたのである。

何しろ、大川ユミカは金づかいが荒い。

「――これだな」

押入れを開けると、すぐにバッグは見付かった。

ワクワクしながら、仲根はバッグを開けて中を探った……。

「ん？」

中には着替えなどの他、何も入っていなかった。

そんな馬鹿な！　もう一つのバッグも開けてみたが、これは圭治のだ。

当然札束はない。

「どういうことだ？」

仲根は力が抜けて、しばし座り込んで動けなかった。

「いけねえ……」

仲根は、ぼんやりしていて、どれくらいの間座っていたのか、分らなかった。

札束が消えていた！

どういうことなんだ？

立ち上ると、部屋を出ようとして――。

「あら」

何と、美亜が入って来たのだ。

「やあ……。どうも」

仲根は、ひきつったような笑いを浮かべて、

「ちょっと――圭治君に頼まれたんでね。その……」

何を頼まれたことにするか、全く思い付かない。それほど頭の回る男ではなかった。

しかし、美亜の方は、

「ああ、そうですか」

と、納得してしまったようで、「ちょっと化粧水忘れちゃって」

と、洗面台から取って来ると、

「これでないとだめなんです、私」

「はあ……」

「じゃ、失礼します」

「うん……」

美亜はさっさと出て行った。

仲根はホッとしながらも、

「何だ、あの子は？」

と、首をかしげるばかりだった……。

「こんなことしてる場合じゃないのよ……」

と言いながら、亜由美は浴衣《ゆかた》に着替えると、「しょうがないわね……」

「ブツブツ言ってないで！」

と、聡子はタオルを手に、「さ、温泉、温泉！」

鼻歌なんか歌っている。

「全くもう……」

亜由美はドン・ファンの方へ、「じゃ、あんたは留守番よ」

「ワン」

亜由美たちが部屋を出ると、ドアを閉める前にドン・ファンがスルリと抜け出て来た。

「こら、ドン・ファン！」

「放っときなさいよ」

と言ったのは母、清美で、「ドン・ファンは一人でも大丈夫よ。さ、行きましょ」

清美から、「お湯に浸《つか》ってるときに、捜してる相手にバッタリ会うってこともあるでしょ」と言われて、その気になってしまう亜由美も困ったものだが……。

ともかく今は温泉だ！

清美と亜由美、聡子の三人はいそいそと大浴場へと向ったのである。

脱衣所にも湯の香りが漂っている。

亜由美は浴場へと入って行った。

「わあ、凄《すご》い」

聡子が言ったのは、広い大浴場全体に、湯気が霧のように立ち込めていたからで、すべてがぼんやりとしか見えない。

「これじゃ、久美子がいても分らないわ」

と、亜由美は呟《つぶや》いた。

ザッと湯を浴び、お湯に浸る。

「熱い！　どうしてこういう所のお湯って熱いの？」

と、聡子が言った。

「知らないわよ」

確かに熱いが、少しずつ入って行くと、体が慣れてくる。

「ああ……」

入れば気持がいい。――もともとお風呂《ふろ》好きの亜由美である。

「来て良かった！」

などと聡子は完全に目的を忘れている。

亜由美は一旦《いったん》上って、体を洗った。そしてシャンプーで髪を洗っていると、

「あ、ごめんなさい」

隣で髪を洗っていた女の子が、シャンプーの泡を亜由美の方へ飛ばしたのである。

「いいえ」

と、亜由美は言ったが……。

え？　もしかして――。

隣の子は、酒戸美亜ではないのか？

しかし、ちょうどお湯で髪の泡を洗い流していて、顔が見えない。

亜由美も髪が泡まみれだ。急いでお湯で泡を洗い落とす。――もし美亜なら……。

「あの――」

と、亜由美は言いかけたが――。

その女の子はちょうどヒョイと立ち上って、亜由美に背を向けたまま、お湯に浸ろうとしていた。

「ちょっと――あの――」

亜由美があわてて立ち上る。

そのときだった。

脱衣所への戸がガラッと開くと、

「わあ、凄い！」

「雰囲気あるね！」

「これこそ温泉！」

口々に言いながら、女の子が大勢ワッと入って来たのだ。

これって、あの高校生たちだろう。

え？　――まさか！
三、四人かと思いきや、次々に入って来て、たちまち大浴場は混雑する電車の中のような状態となってしまった。
「入ろう！」

「ワーイ！」

と、声を上げて、みんな次々にお湯へ飛び込んで行く。

たちまち女の子たちで一杯になった浴槽はとても一人の女の子を捜せる状況ではなくなってしまった。

「もう……。どうしてこうなっちゃうの？」

と、ついグチを言っている亜由美だった……。

9　真夜中

「うん、そうだね。——分ってるよ」

一人、ガランとしたロビーでケータイを使っているのは、女子高校生の西方百合子だった。

パジャマ姿で、ソファにかけてケータイの相手の話に耳を傾けている。

「——うん、分るよ。でも、私、今は修学旅行で……」

そう言ったきり、しばらくは相手の話にずっと耳を傾けている。

「そうなんだ。——大変だね。——うん、分ってる」

百合子は、ときどき口を挟むだけだ。そして、相手の話が少し途切れると、

「ね、お母さん。もう遅いよ。寝た方がいいんじゃない?」

と言った。

しかし、向うはグスグスと泣き出したようで、

「お母さん。泣かないで。——お願い。——違うよ。お母さんと話したくないんじゃないよ。——うん、いくらでも聞くよ。ただ、お母さんが疲れるだろうと思って。——うん、私は大丈夫……」

さらに、母の話は二十分くらい続いて、やっと終った。

「――うん、またね。――おやすみなさい、お母さん」

おやすみなさい、も母が言ってからでないと、百合子からは言えない。

百合子が先に「おやすみ」を言うと、母は、

「私と話したくないのね」

と泣くからだ。

「うん、それじゃ……」

母が切るまで、百合子は切れない。時には、これから五分も十分も沈黙が続くことがあったが、今夜はすぐに切れた。

百合子は深く息を吐いて、手の中で汗ばんでいるケータイを見下ろした。

涙が溢《あふ》れ出して、ケータイに落ちる。

「しっかりしなきゃ……」

と、自分へ言い聞かせて、涙を手の甲で拭《ぬぐ》っていると、

「大丈夫？」

と、声がして、びっくりした。

「ごめん。驚かせちゃったかな」

浴衣姿の若い女性だった。

「いいえ……。大丈夫です」

と、百合子は何とか涙を呑《の》み込んだ。

「あなた……修学旅行で大勢来てる高校の子?」

と、百合子と並んで座る。

「ええ……。本当は寝てなきゃいけないんだけど……」

「ごめんね。話してるの、聞いちゃった」

百合子はちょっと顔をそむけた。

「お母さんと話してたのね」

と、その女性は言った。「こんな夜中に……」

「お母さん、病気なんです。自殺しかけて、入院してるんです」

「そうなの。で、話し相手をしてるわけね」

「夜中にケータイへかけて来るんです。出ないと、私が見捨てたと思っちゃうので、どんなときでも……」

「大変ね」

「でも——お母さんですから。それに、お母さんがこうなったの、お父さんのせいなんです」

つい、百合子は話し出してしまった。

「お父さんの？」

「ええ。お父さん、会社の社長なんですけど、とっても——女ぐせが悪い、って言うのかな。秘書にも、ともかく可愛い女の人を雇っては、恋人にしてました。お母さんは、自分で外へ出て働くって人じゃないので、お父さんの女遊びを知ってても、じっと我慢してました。でも……」

「その内、病気に？」

「去年、お父さんの秘書の人に子供ができて……。さすがにお母さんも黙っていられなくなって、大変だったんです」

「そう……」

「お母さんは毎日泣いてるし、お父さんは仕事だと言って、出張ばかりして帰って来ない……。それで、お母さん、ノイローゼになってしまったんです」

「お気の毒ね」

「今は入院していて。——もちろん、とってもお金のかかる病院に入ってるんですけど、お父さんがちっとも反省してないから、良くなりません」

「それで、お母さんがあなたに電話を……」

「私、一人っ子なので。——お父さんはひどいと思います。でも、そのお父さんのお金で学校に通って、好きにしてられるんだし、と思うと、何も言えない……」

「それは違うわ」

と、その女性は言った。

「違う、って？」

「子供の学校のお金を出したりするのは、当り前のことよ。それを考えて文句も言えないって、間違ってる」

「そうですか？」

「私の家もお金持よ。父が稼いでるから、私、何でもできるし、どこへも行ける。でも、父がしたことを非難するのは迷わずにやってる。——言ってあげないと、当人にとっても良くないのよ」

百合子はちょっと肯《うなず》いた。

「そうなんだ……。でも、そんな風に考えたことなかった……」

「自分を責めたりしちゃだめよ。お母さんだって、きっとどこかで、『自分が至らなかったから、夫が浮気した』って考えてらっしゃるでしょう。そういう人はそう考えるのよ。でも、それは違う。間違ってるのはお父さんの方よ。それを忘れちゃだめ」

きっぱりと言われて、百合子は胸が熱くなった。そして、また涙が溢れて来た。

「私、何か悪いこと言った？」

「いいえ。ただ——ホッとして、嬉《うれ》しくなったら、泣けて来ちゃった……」

「それでいいのよ」

と、百合子の肩を抱く。

百合子は涙を拭《ふ》いて、初めてまじまじとその女性のことを眺めると、

「もしかして……酒戸美亜さんですか？」

「ええ」

アッサリと肯く。「知ってるの？」

「TVで写真、見ました」

「そう。気に入った写真ってないのよ。どれ使ったのかしら」

と、美亜は呑気《のんき》に言った。

「あの……誘拐されたとか言われて……」

「うん。実は恋人と駆け落ちして来て、ここに泊ってるの。アルバイトに身替り頼んだ子が代りに誘拐されちゃったのね」

百合子はふと思い付いて、ケータイに写真を出し、

「もしかして、この人ですか？」

亜由美から送られた写真だ。

「――ええ！　内山久美子さんだわ」

と、美亜はびっくりして、「どうして、あなたが内山さんの写真を？」

「頼まれたんです。この人を見たら教えてくれって」

百合子の話を聞くと、

「じゃ、久美子さんが、ここにいる？」

と、美亜は啞然《あぜん》とした。「塚川さんまで……。どうなってるの？」

「よく知りませんけど、塚川さんって人、本当に心配そうでした。この人が、何かとんでもないことをするかもしれない、って」

「とんでもないこと……」

美亜は呟《つぶや》いて、「私の父が、久美子さんのお母さんを死なせたからね、きっと」

「ニュース、見ました」

「私も」

と、美亜は肯いて、「いっそ、どこかにひっそり隠れて暮らそうと思った。そうすれば久美子さんも諦《あきら》めるだろうし」

「どうしますか？」

「あなた、頼まれたんでしょ？」

「でも、今、美亜さんに励まされましたから。――黙ってた方が良ければ、黙ってます」

と、百合子は言った。

美亜は少し考えていたが、

「今夜はもう遅いわ。今は黙っていて。明日になれば、私も心を決めるから」

「分りました」

と、百合子は肯いて、「それに、私が頼まれたのは、その内山さんって人を見付けることですから」

「それもそうね」

と、美亜は笑って、「私も見付けたいわ、久美子さんを」

「見付けたら、知らせましょうか」

「そうしてくれる？　もちろん、塚川さんにも知らせていいのよ」

「はい」

百合子はしっかり肯いた。「ありがとう」

「――何が？」

「いえ……。声をかけてくれて。私、本当に気持が軽くなって……」

「そんな大そうなことじゃないわよ」

と、美亜は言って、「さ、一緒に行きましょう」

「ええ……」

二人は廊下を歩きかけて、美亜はふと足を止めると、

「百合子ちゃん」

「はい？」

「これから温泉に入らない？」

「これからですか？」

「タオルだって何だって、向うにあるし。どう？」

「入ります！」

百合子が明るい笑顔になって言った。

そして二人は、姉妹のように、大浴場に向って歩いて行った。

美亜と百合子が大浴場へと腕を組んで行くのを見送っていたのは——亜由美だった。

そしてもう一人。ドン・ファンだ。

「——驚いた」

と、亜由美は呟いた。「ね、ドン・ファンはどう思う？」

「クゥーン……」

ドン・ファンも考え深げ（？）だった。

亜由美はドン・ファンに起こされてやって来たのだった。

一人で、旅館の中を歩いていたドン・ファン。

「よく見付けた！」

と、亜由美は美亜の姿を見て、声をかけようとしたのだが……。

その前に、美亜が百合子に話しかけたのである。

そして、亜由美は二人の話をずっと立ち聞きすることになった……。

「あんな人だったなんて……」

美亜が、あれほどしっかりして、深くものを考えているとは、思ってもみなかった。

「金持のわがまま娘」というイメージは全く変ってしまった。

確かに、わけの分らない相手と駆け落ちしてみたり、自分勝手なところはあるのかもしれない。しかし、それも「金がすべて」と思っている父親への反感からの行動なのかもしれない。

「どうしたもんかしら」

と、亜由美はため息をついた。

しかし、内山久美子がまだ美亜を見付けていないことは確かなのだから、今の内に美亜に話をしよう。そして、久美子が何か企《たくら》んでいても、手を出せないようにしてやればいい。

「しょうがないわね」

と、亜由美は肩をすくめて、「あの二人が温泉から出て来るのを、待ってましょうか」

「ワン」

「そうね。あんたはもう寝なさい。くたびれたでしょ」

ドン・ファンはスタスタと部屋へと戻って行った。

「いいわね、呑気で……」

と、亜由美はソファにかけて呟いた。

そして——夜中でもあり、夕飯をしっかり食べていた亜由美は、ロビーで待っている内、ついウトウトしてしまっていた……。


仲根紘一は、大浴場の表で、大川ユミカが女湯の方から出て来るのを待っていた。

「全く……」

少しのぼせているせいもあったが、ついグチが出る。「女ってやつは……」

大川ユミカは、ともかくスターのプライドが強いので、何でも好き勝手なことをする。

仲根がユミカのために駆け回っていることなど、「当り前」と思っていて、ちっとも感謝などしてくれないのである。

それでも仲根がユミカのわがままに付合っているのは、独立しようと思えばユミカを連れて出るしかないからである。

もちろん金もいる。しかし独立しても、稼いでくれるスターを抱えていなければ、どうにもならない。

ユミカが「抱いてよ」と言ってくれれば、拒むわけにいかないのだ。

「こっちは四十五だぜ……」

ユミカとは二十も年齢が違う。相手をするのは大変だ。

しかも、この旅館から酒戸美亜を連れ出さなければならない。八田圭治は少々(いや、大分か)抜けているから、言いなりになるだろう。

そして、仲根に食らいついている元アイドルの安美。

問題は、いつどこでやるかだ。

「何をやるったって、こうくたびれてちゃな……」

と、仲根は大欠伸《あくび》をした。

欠伸し終ると――酒戸美亜が、何だかパジャマ姿の女の子と手をつないでやって来た。

二人は〈女湯〉へ入って行く。

「――誰だ、あれ?」

と、首をかしげていると、ユミカが浴衣《ゆかた》姿で出て来た。

「ああ、さっぱりした！　いいわねえ、温泉って」

「呑気《のんき》だな」

「何が？」

「今、入ってったろ？　酒戸美亜が」

「え？　──そうだった？　よく見ないわよ、人の顔なんて」

と、ユミカは言って、「いつやるの？」

「まあ待て。あの圭治って彼氏をうまく利用してやるから」

「本当にうまく行くの？」

「やらなきゃ、金にならないんだ」

仲根は、顔をしかめた。

バッグの中の札束はどこへ消えたのだろう？　そして、あそこでバッタリ出会ったのに、美亜は、ふしぎにも思っていなかった。

──金持のわがまま娘なんて、あんなもんだ。

仲根はそう思っていた。


「え？　お金？」

大浴場でお湯に浸《つか》りながら、百合子は美亜の話にびっくりして言った。

「そう。家を出るとき、現金を少々持って来たの」

と、美亜は言った。

「それを、今、表にいた人が……」

「盗みに来てたんでしょうね。ひょっこり顔合わせて」

「びっくりしたでしょうね」

「向うは焦りまくってたわよ。でも私って、そういうときには却《かえ》って落ちつくの」

——大浴場は二人きりだった。

「でも、訴えたりしないんですか?」

と、百合子は訊《き》いた。

「そんな必要ないわ。ああいう男は、いずれ捕まるようなことをやるわよ」

「へえ……」

と、百合子はポカンとして、「で、盗まれなかったんですか?」

「お金? そりゃそうよ。この旅館のセーフティボックスに預けてある」

「ああ……。安全ですものね」

「あの仲根って人、何か企んでるみたいね。でも、頭のいい人じゃないから」

誰かが浴室へ入って来た。湯気を通してしか見えないので、分らなかった。

ロビーを通り抜けようとした内山久美子は、ギクリとして足を止めた。

「塚川さん……」

亜由美がロビーのソファにかけて、眠っていた。

久美子は、夜中なら見付からないだろうと思って、温泉に入ろうとやって来たのである。

ところが亜由美がここにいる。――どうして？

こんな時間になぜ？

もしかすると――酒戸美亜を待っているのかもしれない。ということは、美亜が……。

「温泉に？」

今、美亜が大浴場に入っているとしたら……。

久美子は足音を忍ばせて廊下を戻って行った。

笹井たちの泊っている部屋のドアを叩《たた》く。

少しして、笹井がドアを開けた。

「どうした？」

「見付かるかもしれない」

「例の娘か？　どこだ？」

「仕度して来て。他の二人も起こして」

「分った。五分待ってくれ」

笹井は部屋の中へ戻ると、いびきをかいているミツルとケンを叩き起こした。

「もう飯かい？」

と、寝ぼけたミツルが笹井に起こされて言った……。


ああ……。

眠っちゃった。——だめね。

亜由美はブルブルッと頭を振った。

これじゃ、美亜が通っても見逃しちゃう。

それとも——もう通って行っちゃったかしら？

そんなに長くは眠っていないと思ったが、自分ではよく分らない。

ロビーのソファから立ち上ると伸びをして、亜由美は、大浴場の方へ行こうとした。

すると——背後にバタバタッと音がして、振り向く間もなく亜由美は二人の男に押えつけられて床に這《は》っていた。

「何を——」

「静かにしろ」

亜由美の目の前にナイフが光った。

「おい、縛り上げろ」

と、もう一人の男が言った。

亜由美は猿ぐつわをかまされ、両手両足を縛り上げられた。

「すみませんね、塚川さん」

と、亜由美の方を覗《のぞ》き込んだのは——内山久美子だった。

「ウ……ウ……」

何か言おうにも、言葉にならない。

「心配して下さってることは分ってます」

と、久美子は言った。「でも、私はやめるわけにいかないんです。母を殺した酒戸を、死ぬほど苦しい目にあわせてやらなきゃ、気が済まない」

「ウ……」

「どこかへ放り込んどこう」

と、男が言った。

「兄貴、どこに捨てる？」

「そうだな、生ゴミだろ」

人をゴミ扱いするな！

怒鳴ってやりたかったが、口がきけない。

「乱暴にしないで」

と、久美子が言った。「その奥に、タオルやシーツを入れてる部屋があったわ。夕方、出してるのを見た。そこへ入れておいて」

「そうですか」

と、若い男はつまらなそうに言った。

亜由美は、男二人にかつがれて、〈リネン室〉という札のついたドアの中へと運び込まれた。

「よいしょ」

と、積み上げられたシーツの上に放り出される。

ドアが閉って、暗くなったが、小さな明りが点《つ》いていて、中の様子は分った。

しかし——結構しっかり縛られて、どうにも動けないのだ。

久美子を止めようと思ったのに、こんなざまでは……。きっと久美子は酒戸美亜をさらうかどうかするつもりだろう。

いや、母親を「酒戸雄太郎に殺された」と思っているから、もしかすると美亜を……。

いや！　まさか！

久美子が人を殺したりするとは思えない。しかし、今ならまだ久美子は被害者のままだ。もし、美亜に危害を加えたら、犯罪者になってしまう！

何とかならないかしら……。亜由美は縛られた手足を必死でバタバタ動かした。

縄が緩むか、物音をたてれば人が気付いてくれるかもしれない。

シーツの山の上を、転《ころが》ったり暴れたりしていると――。

一杯積み上げてあったタオルの山が亜由美の上に崩れて来た。

よけることもできず、亜由美はタオルに埋ってしまった。

全く、もう！　――何とかタオルの山から顔を出して、息をつく。

すると……タオルを積み上げてあった、その奥から、何かがゆっくりと倒れて来た。

人だ！　え？　何、これ？

男が一人、亜由美の方へと倒れて来たのである。浴衣《ゆかた》姿の男で、亜由美に覆いかぶさるように倒れた。

ちょっと！　重いわよ！

文句を言いたくても、声にならない。しかし、それだけではなかった。――その男の胸の辺り、浴衣には赤黒く血が広がっていて、どう見ても、男は死んでいたのである。

こんな所に……どうして死体が？

わけが分らなかったが、ともかく死体の下敷きになって、亜由美は動けずにいたのだ。

冗談じゃない！　誰か、助けに来て！

ドン・ファン！　私を守ってくれなきゃだめじゃないの！　サボるな！

亜由美は必死に手足を動かした。

火事場の馬鹿力という言葉を、亜由美は実感することになった。死体の重さをはねのけて、床へ転り落ちたのだ。

痛かったが、今はそれどころじゃなかった。

床を必死で転って、ドアの所へ行き着くと、縛られた両足で、思い切りドアをけとばしたのである。

二十回、三十回とけっていると、足音が聞こえて、ドアが開いた。

「——どうしたんです？」

旅館の男が目を丸くして立っている。

猿ぐつわを外されると、亜由美は、

「早く縄を解《ほど》いて！　それから、久美子を止めなきゃ！　それと、そこに死体があるの！」

旅館の男は呆気《あっけ》に取られているばかりだった。仕方なく、亜由美は順序立てて、

「まず、縄を解いて！」

と言い直したのである……。

10 思惑通り

「何してんのよ！」

と、亜由美に怒鳴られて、神田聡子はムッとしたように、

「何よ！　叩《たた》き起されて駆けつけたのに」

と言った。

「うん。――分ってる。ごめん」

亜由美は手足のしびれを、何とか克服しつつあった。「ドン・ファンは？」

そこへ、ドン・ファンが走って来た。

「頼りにならない用心棒ね」

「ワン」

八つ当りするな、というところか。

「久美子たちを止めないと」

と、亜由美はやっと立ち上ると、「酒戸美亜が大浴場にいたの」

「じゃ、行こう」

「うん。――うちの親は？」

「呼ぼうとしたんだけど……」

「何て言ったの？」

「亜由美のお母さんに、『夫婦の時間を邪魔しないでちょうだい』って言われちゃう

と、それ以上は……」

「ごめん。期待するべきじゃなかった」

亜由美は手首を振って、「もう大丈夫。行こうか」

「うん、でも……あの死体、誰？」

と、聡子が〈リネン室〉の中を覗き込んで言った。

「知らないわよ」

「どうしてあんな所に？」

「後で話す」

ともかく、今は久美子を止めることだ。

二人と一匹は、大浴場へと階段を下りて行った。

〈女湯〉ののれんをくぐって、西方百合子が出て来た。

「あ！　大変です！」

と、百合子がよろけながら、「美亜さんがさらわれて……」

遅かったか！

「どこへ連れて行かれた？」

「分りません。私、脱衣所でいきなりお腹を殴られて、動けなくなったんです」

「まあ、可哀そうに！」

「でも、もう大丈夫です」

何とかはおったのだろう。浴衣を直しながら、「久美子さんがいました」

「やってしまったのね」

と、亜由美はため息をついた。

「どうしましょう？」

「ともかく、遠くへは行ってないわ。すぐ手配してもらえば」

亜由美たちは、急いでロビーへと戻って行った。

制服の警官が駆けつけて来たところで、

「死体はどこだ？」

と、大声で言った。

「あの――あまり大声で言わないで下さい」

旅館の男があわてて出て来た。「お客様がびっくりされます」

「何を言うか！　人が殺されたんだぞ！　客の全員を叩き起こしてもいいくらいだ」

どうやら、やたら張り切るタイプの警官らしい。

亜由美たちをジロッと見ると、

「何だ、こいつらは？」

こいつら、と言われて亜由美はムッとしたが、

「一人しかいないんですか？　誰か刑事さんとか——」

「お前は何だ？」

「私は——」

「この人が死体を見付けたんです」

と、旅館の男が言うと、

「死体の発見者だと？　よし、話を聞く。おとなしく同行しろ」

と、警官が言った。

「ちょっと待って下さいよ！　今、大変なことが起ってるんですから」

と、亜由美は呆《あき》れて言った。「誘拐されてるんです、酒戸美亜さんが！」

「何の話だ？　ごまかそうというのか？　怪しい。素直に連行されればよし、逆らうのなら、手錠をかけてでも連れて行くぞ」

「あんた、それでも警官？　大体、死体も見ないで、何を調べようっていうの？」

頭に来た亜由美が言い返すと、

「うるさい！　警官を侮辱したな！　公務執行妨害で逮捕する！」

と、いきなり亜由美の手首をつかんだ。

「何すんのよ！」

亜由美が手を振り放そうとして、もう一方の手が警官の顔を直撃してしまった。

「貴様！　暴力を振ったな！」

「どっちが暴力よ！」

事態はまるで見当違いの方向へと向っていた。聡子たちも啞然《あぜん》とするばかり。

「逮捕する！　逆らうと撃つぞ！」

警官が何と拳銃《けんじゅう》を抜こうとする。――ドン・ファンがこれを見て、

「ワン！」

と、ひと声吠《ほ》えると、警官めがけて飛びかかった。

警官がびっくりして後ずさったとたんに、玄関の土間へ転《ころが》り落ちた。ゴン、と音がして、靴箱に頭をぶつけた警官は気絶してしまった。

「亜由美……。まずくない？」

「だって……。もう！　どうしてこんなことになるの？」

亜由美は天を仰いだ。「――殿永さんだ！　こうなったら仕方ない。聡子、ケータイは？」

「持ってるけど」

「貸して。――大体、殿永さんが無責任なのよ！　こっちに何もかも押し付けて！　顔見たらぶん殴ってやる！」

「亜由美――」

「待って。――あった。登録してあったのね。偉い！　――早く出ろ！」

ケータイが鳴っていた。

え？　亜由美がヒョイと玄関の方へ目をやると、殿永が鳴っているケータイを手に、立っていた。

「殿永さん！」

「殴られたくはないんですが……。しかし、どうしてここで巡査がのびているんです？」

と、殿永が言った。

「やはりそうか」

殿永は、リネン室の死体の顔を見ると、言った。

「殿永さん、知ってるの？」

と、亜由美は訊《き》いた。

「ええ。暴力団の会計係をつとめていた男でしてね」

「というと……お金をごまかしたの？」

「その通りです」

「でも――そんな危《あぶな》いこと！　ばれたら殺されちゃうでしょ」

「だから殺されてるんです」

と、殿永は言った。「浅倉《あさくら》というんです、この男は。浅倉純一《じゅんいち》」

「逃げて来たってこと？　この旅館に」

「警察に知らせて来ました。組の脱税の事実を。我々は浅倉に、保護してやると言ったんですが、浅倉は信じませんでした」

「でも一人で逃げるなんて、無謀ね」

「確かに。――浅倉は殺されることを分っていました。そして、自分一人で済むように、ここへ逃げて来たんです」

「どういうことですか？」

「つまり――浅倉が組の金をごまかしたのは、病気の妻に、できる限り好きなことをさせてやりたかったからです」

「奥さんは……」

「先月、亡くなりました」

と、殿永は言った。「その後、浅倉は組の脱税の証拠を我々に渡して、後は死ぬだけでした」

「まあ……」

「奥さんは亡くなりましたが、子供や両親がいる。組の手がそっちへ伸びないように、一人でここへやって来たんです」

「で……殺されたわけね」

「そういうことです。ここにいると分ったので駆けつけたんですが、間に合いませんでした」

「可哀そうに」

と、亜由美は死体を見下ろして言った。

「この客の中に、浅倉を殺した人間がいるはずです」

亜由美は肯《うなず》いて、

「――ちょっと待って」

と、殿永をつついて、「つまり、殿永さんは別に私を助けに来てくれたわけじゃないのね」

「いや、もちろん助けてもいいですよ」

「ついで、って感じ？」

「そう言われると……」

「ともかく、酒戸美亜が本当に誘拐されたんですからね」

と、亜由美は言った。「あれほど気を付けてって言ったのに」

「言ったんですか？」

「夢の中でね」

そこへ、気絶していた警官がフラフラとやって来た。

「おい！　逮捕する！」

「まだやってんの？」

「何だと？」

また火花を散らしそうな勢いだ。

「まあまあ」

殿永が、割って入り、身分を明かすと、警官はびっくりして、

「失礼いたしました！」

と、敬礼した。

「まあ、色々あったろうが、ものの弾みってことだ。ともかく、この死体については、僕の方で捜査する」

「かしこまりました！」

「ともかく、急いでここを発《た》とうとする客がいたら知らせてくれ。まだ犯人はこの旅

館にいるはずだ」

「かしこまりました！　旅館の番頭をすぐに引っ捕えて——」

「いや、引っ捕えなくていいから」

と、殿永はあわてて言った。「それで、亜由美さん。酒戸美亜の方は——」

「久美子さんたちがさらって行ったのよ」

「しかし、この夜中に、どこへ行ったんでしょう？　山の中ですしね」

「山狩りでも？」

「ともかく明るくなってからでないと。列車やバスでは行かないでしょう。車をどこかで用意したはずです」

亜由美は、

「そうだわ！　この旅館の車を？」

と、指を鳴らした。

「——はあ、殺人事件と別に誘拐事件ですか？　大変ですな」

話を聞いて、あの巡査は啞然としている。

旅館の人間に確かめると、すぐに見に行って、あわてて戻って来る。

「旅館の車が失くなっています！」

「やっぱり」

と、亜由美は肯いた。「でも、それって、旅館の名前が〈豪華荘〉って、デカデカと入った車ですか?」

「はあ、さようで」

「あんな車で逃げたら目立ってしょうがないでしょ」

「それはそうですが、盗まれているのは確かですから……」

と、殿永は言った。「手配しましょう。どこかで山から出ようとしているでしょうから」

「ええ……」

何だかスッキリしない亜由美だった。「ね、殿永さん」

「何です?」

「私……あの西方百合子ちゃんと、美亜さんが話してるのを聞いちゃったの」

「ほう」

亜由美は、百合子と話していた美亜を見て、印象が全く変ったことを説明した。

「──私、びっくりしたわ。あんな人だったなんて」

「なるほど。世間のイメージとはずいぶん違うようですね」

「ねえ。人間って、先入観を持っちゃいけないものね」

「ワン」

ドン・ファンも同意しているようだった。

「――亜由美さん」

と、百合子がやって来て、「今のこと……。すみません。本当は、美亜さんのこと、知らせれば良かったんですけど」

「いいのよ。――あなたも大変なのね」

「でも……親子ですから」

と、百合子は微笑んだ。「美亜さんは大丈夫でしょうか」

「たぶん……父親を脅迫しようとしてるだけだと思うけど」

「酒戸雄太郎に、身代金の請求が行くかもしれませんね」

と、殿永は言った。「東京へ連絡しましょう」


「何だ……」

酒戸雄太郎は呻《うめ》くように言った。

「電話よ」

と、ベッドの中で言ったのは、ナツという女の子である。

「電話は分ってる！」

酒戸は不機嫌そのもので、「俺のケータイは切ってあるぞ」

「私もよ……」

酒戸は、まだやっと二十歳になったばかりのナツのマンションに泊っていた。酒戸が買ってやったマンションである。

「じゃ、何だ。あの電話は?」

電話は鳴り続けている。

「この部屋に付いてる電話よ。外すわけにもいかないでしょ」

「しかし……こんな夜中に誰だ?」

「知らないわよ。私、眠いの……」

裸のままで、ナツはアッという間に眠ってしまった。

「全く……」

仕方なく、酒戸はベッドから出ると、リビングのテーブルの上で鳴り続けている電話へと歩いて行った。

間違い電話だろう。怒鳴りつけてやる!

やっと受話器を上げると、

「いい加減にしろ!」

と怒鳴った。

すると、

「あなた、やっと出たのね」

酒戸は耳を疑った。

「お前……信代か？」

「自分の女房の声も分らないの？」

「しかし……どうしてこの電話を知ってる」

「あなたの彼女のことなら、何でも知ってるわよ。ナツちゃんっていうんでしょ。ちょっと可愛い子を見ると、すぐそうして……」

「お前……」

「今はそれどころじゃないわ」

「何の話だ」

「美亜よ。〈N山温泉〉の〈豪華荘〉って旅館に泊ってるそうよ」

「分ったのなら、迎えに行きゃ良かろう」

「それが、誘拐されたんですって」

「何だと？」

「その旅館から誘拐されたって。身代金の要求の電話が来るでしょうから、うちへ帰って来て」

「どういうことだ！　誰がそんなことを言って来たんだ？」

「殿永さんって刑事さんよ」

「あいつか。——しかし、今度だってでたらめかもしれん」

「でも、本当だったら?」

「あわてることはない。要求して来たら、聞いとけ。俺はナツの相手をしてくたびれてるんだ。一眠りしてから帰る。もうかけるなよ」

「あなた——」

酒戸は切ってしまった。そして、電話機のジャックを抜いてしまったのである。

ベッドに戻ると、

「何だったの?」

と、ナツがトロンとした目で訊《き》く。

「大した用じゃない」

と、酒戸は欠伸《あくび》をして、「おい、もっとこっちへ寄れ」

「やだ。またあっちこっち触るんでしょ」

「いかんか」

「いいけど……」

ナツは自分から酒戸にすり寄って、「ね、車、買って」

「車? 免許持ってるのか?」

「これから取る」

「取ってから言え」

「でも、約束して！　ポルシェがいいの」

「若葉マークを付けてポルシェに乗るのか？」

「そこがカッコイイんじゃない」

「変な奴だ」

酒戸はナツを抱き寄せて、「いいとも、ポルシェでもベンツでも買ってやる」

「嬉《うれ》しい」

酒戸は眠気がさめて、ナツにキスしたのだった……。

11 捜索

いつの間にか眠ってしまった――にしては亜由美は派手な寝息をたてていた。

「ああ……」

神田聡子は大欠伸をして、「よくこんなにぐっすり眠れるよ」

と、亜由美を見て呟《つぶや》いた。

すると、それが聞こえたかのように、亜由美はモゾモゾと動き出し、

「ウーン……」

と呻くと、力一杯、手足を伸した。

そして目を開けると、

「聡子。――どうしたの？」

「どうした、じゃないでしょ。もう十一時だよ」

「夜の？　昼の？」

「昼に決ってるでしょ」

「そうか……。何だか凄《すご》くややこしい夢をみてたの」

「夢って、どんな？」

「美亜さんがまた誘拐されて、私が死体の下敷きになって……」

「それって、夢じゃなくて本当のことだよ」

「やっぱり？　夢にしちゃはっきりし過ぎてた」

「呆《あき》れた。ともかく起きようよ。お腹も空《す》いたし」

「同感！」

いくら美亜の身を心配しても、お腹は空くのだった。

仕度をして部屋を出ると、

「良かった」

と、殿永がやって来た。「起こしに行くところでした」

「殿永さん。どんなに重大な出来事があったとしても、何か食べるまで待って下さい！」

亜由美の語気の激しさに、殿永も、

「分りました」

と答えるしかなかった……。

亜由美と聡子は食堂へ行って、すでに終ってしまった朝食と、まだ少し早い昼食の間で、

「サンドイッチしかありませんけど……」

と言われると、

「何でもいい！」

と、飢えた子供のように叫んだ。

サンドイッチの皿をアッという間に空にしてコーヒーを飲むと、息をついて、

「殿永さん、お待たせしました！」

「いや、食欲があるのはいいことです」

「それで……」

「旅館の車が見付かりました」

と、殿永は言った。「崖《がけ》の下で」

亜由美は一瞬詰って、

「──崖の下、って言ったんですか？」

「そうです。山道の奥の方を捜したところ──」

「じゃ、久美子ちゃんや美亜さんたちは？」

「分りません。崖を下りて行く準備をしているところです」

「まあ……」

と、別の方から声がした。「可哀そうにね」

「お母さん……」

母、清美が浴衣《ゆかた》姿で立っている。そして後から父もやって来た。

「ああ、いい湯だった。起きぬけのひと風呂《ふろ》は格別だな」

と、塚川貞夫はご機嫌な様子。「何だ、亜由美も起きたのか」

「お母さんたちも、今起きたの？」

「さっきよ。二人ともお風呂に入ったから」

「でも……こんな時間まで？」

「そりゃ、夫婦ですもの。色々話すこともあるし……」

亜由美の方が照れてしまう。

「ともかく、私と一緒にしないで！　ゆうべは大変だったんだから」

「あら。でもあんたは大変な方が性に合ってるでしょ」

否定できないのが亜由美としても辛《つら》いところだ。

「ともかく、今はサンドイッチしかないってよ」

と、亜由美が言うと、キッチンの方から、

「もうランチをお出しできますよ」

と、声がかかった。

「ランチ？」

一瞬、亜由美はためらった。しかし、さすがに、

「その車の落ちた場所へ連れてって下さい！」

と頼むことにしたのである。


「わあ……」

覗《のぞ》き込んで、亜由美も足がすくんだ。

たっぷり七、八十メートルはあるだろう。切り立った崖の遥《はる》か下には、岩をかむ激しい流れがあり、〈豪華荘〉の名入りのワゴン車は腹を見せてその流れに半分以上突っ込んでいた。

「あれじゃ、とても助からないわね」

と、聡子が言った。

「上から見た限りでは、人の姿は見えません」

と、殿永が言った。「あの流れです。ドアが開いてしまってますし、たぶん流されてしまったのでは……」

「ひどいわ……」

亜由美が嘆息して、「私が寝てる間に、こんなことって……」

「クゥーン」

と、ドン・ファンが鳴いた。

「あんたも同感なのね。分るわ」

本当は、「寝てる間だからって、車が落ちたことと関係ないだろ」と言ってるのかもしれなかったが……。

「この高さです。専門の隊員でないと、ロープを使って下りることなど不可能ですから」

と、殿永は言った。

「その人はいつごろ来るの？」

「たぶん……あと二、三時間で」

「そんなにかかるの？」

「何しろ、この山の中へやって来るんですから」

「私、高い所、苦手」

と、聡子が言って、崖から少し離れたのだが——。

「ワッ！」

石を踏んで滑った聡子は、みごとに転んでしまった。そして、ザザッとそこの土が崩れて、崖から落ちそうになったのである。

「助けて！」

と、聡子は叫んだ。

しかし、あまりに突然のことで、亜由美も殿永も立ちすくんでしまった。

「落ちる！」

聡子が必死で木の根っこをつかむ。しかし細い根はパチパチと切れてしまった。

そのとき、タタッと誰かが駆けて来ると、地面に身を投げ出して伏せると、手を伸して、聡子の手をつかんだのである。

聡子の下で、地面がボロボロと崩れて行く。

「しっかりつかまって！」

と、その男が言った。

殿永が駆けつけて、自分も身を伏せると、一緒に聡子の手をつかんだ。

「大丈夫！　引張り上げますからね！」

「早く！　落ちちゃう！」

泣き声を上げる聡子を、二人がかりでやっと引張り上げた。

聡子は、地面に座り込んで喘《あえ》ぐばかり。

「——大丈夫？」

と、やっと亜由美が訊《き》いた。

「私のこと、見殺しにした！」

「そんなこと……。びっくりして動けなかったのよ」

「怖かった……」

聡子がグスグス泣き出す。

「分った、分った。──ごめんね。でも良かった」

「良くない！　亜由美……帰ったら、フランス料理おごれ！」

「命びろいした子の言うこと？」

と、亜由美は呆《あき》れて言ったが、「──あの、どちら様か存じませんが、ありがとうございました」

と、聡子の手をつかんで助けてくれた男性に礼を言った。

「いやいや……」

男は立ち上って、ズボンの汚れを払った。

「たまたまです。運が良かった」

「あの……この辺の方？」

「いや、あの旅館に泊っている者です」

と、男は言った。「旅館の人から、車が落ちたという話を聞きましてね。まあ、あまり感心したことじゃないが、見物に来たんです」

男は転《ころが》っていた旅館の下駄《げた》を拾って来てはいた。

「親友の命を救って下さって……。お名前を聞かせて下さい。私は塚川亜由美。この子は神田聡子といいます」

「はあ……。いや、名のるほどのことも……。僕は相沢という者です」

「まだお泊りなんでしょ？　改めてお礼に伺います」

と、亜由美は言った。

「いや、わざわざそんな……」

相沢は照れたように頭をかいた。

ほっそりとした体の、長身の男だった。

「――あの車は盗まれたんですか？」

と、相沢が訊いた。

「ええ……。夜道を走らせていて、誤って崖《がけ》から落ちたようです」

「誰が乗ってたんですか？」

「誘拐事件があって……」

亜由美が、酒戸美亜のことを話すと、

「ああ、知ってます。ニュースで見ました。しかし――それじゃ、みんなあの車の中に？」

「たぶん……」

「運の悪いことでしたね」

と、相沢は首を振って言った。

「でも——生きてるかもしれません。ええ、人生、何がどうなるか分りませんもの」

亜由美は、ついそう言っていたのである……。


ついにやった！

道山は舞い上っていた。

リポーターとして、何一つ特ダネを見付けられず、いつもチーフプロデューサーの須川ゆかりに怒鳴られている。

しかし、今度ばかりは——。そうだ！

道山はケータイで須川ゆかりへかけた。

なかなか出なかったが、やがて、

「もしもし……」

と、鼻にかかった声がした。

「チーフ、道山です」

「何よ、こんなに早く」

と、起きぬけらしい不機嫌な声を出す。

「早く、って、チーフ、もうお昼ですよ」

「あんたね、私は今朝の七時にやっと仕事が終ったのよ。あんたのように遊んでたわけじゃないの」

「チーフ、僕だって遊んでなんか——。それより、ついにつかんだんです」

と、道山は言った。「聞いて下さい」

「つかんだ？　ドジョウでもつかんだの？」

「そんな……。真面目に聞いて下さいよ！」

「はいはい。で、何ごと？」

「今、〈N山温泉〉の〈豪華荘〉って旅館にいます。ここに、酒戸美亜が恋人と泊ってたんですよ」

「じゃあ、電話に出して」

「それが、また誘拐されちゃったんです！」

「何ですって？」

「しかも、同じ旅館で殺人事件が」

「殺人？　誰が殺されたの？」

「客の一人です。東京から刑事が来てますから、きっと——」

「きっと、じゃだめなのよ！　はっきりした事実をつかんで」

「はあ。それにですね、もう一人、面白い泊り客がいたんです」

「誰？」

「大川ユミカなんです。それも、事務所の仲根紘一と一緒です」

「仲根ですって？」

須川ゆかりは初めて興味を示した。「仲根は独立しようとしてるって噂よ」

「じゃ、大川ユミカを連れてですよ、きっと。何しろ同じ部屋に泊ってるんですから」

「それはスクープね！　二人でいるところを撮って送って」

「何とかします」

「で、誘拐とは何か関係あるの？」

「さあ、それは……」

「もっとはっきりした情報をつかんでから、連絡しなさい」

「分りました。必ずスクープしてみせます！」

道山の声は大きく、しかも道山はロビーで須川ゆかりに電話していたのだった。

「君ね」

と、道山の肩を叩《たた》く者があった。

「何だ？」

と振り向くと、

「東京から来た刑事だがね」

と、殿永が言った。「勝手なことをされては困るよ」

「いや、これは……報道の自由です！」

「捜査の邪魔はしないでほしい」

と、殿永は言って、「どこかへ閉じ込めておこうか」

「冗談じゃない！　せっかくのスクープを」

と、道山は言った。「絶対にいやです！　僕が何をしたって言うんだ？」


「誘拐された？」

仲根は、八田圭治の話を聞いて、仰天した。

「本当かい、それは？」

「ええ、美亜が一向に戻って来なくて、僕、眠っちゃったんですよ」

「それで？」

「昼ごろ目を覚ましたら、美亜が戻った様子がないんです」

「それで……」

「犯人たちはこの旅館の車で逃げたらしいんですけど、夜道のせいか、車が崖から落ちて……」

「落ちた？　それで酒戸美亜は？」

「分りません。ともかく高い崖で、下りて調べるのも手間がかかるって……」

「参ったな！」

と、仲根は呟《つぶや》いた。

「どうしたらいいでしょう？」

と、圭治も途方にくれている。

「君はいいよ、呑気《のんき》で」

「仲根さん……」

「僕にとっちゃ命がかかってたんだよ」

と、仲根は大げさに言った。

「僕だって――」

と、圭治は言いかけて、「まあ……命まではかかってませんけど」

馬鹿正直と言うべきだろう。

しかし、仲根にとって困った事態であることは確かだった。

大川ユミカを連れて独立するには金がかかる。その金の入るあてがなくなってしまったのだ。

圭治が部屋へ戻って行くと、仲根はため息をついた。

ユミカは呑気なもので、また温泉に浸《つか》りに行っている。

「畜生！　――ツイてない！」

ツキの問題ではないだろうが、つい口に出てしまうのは仲根らしいところだった。

「そう嘆いたもんでもないわよ」

と、声がした。

びっくりして入口の方を見ると、安美が立っていた。

「聞いてたのか、今の話？」

「ええ。それにゆうべからロビー、大騒ぎしてるわよ」

と、安美は言って、中へ入って来た。

「おい……。ユミカが戻ってくるぞ」

「平気よ」

と、安美は平然として、「ユミカさんだって、私がいなきゃ困るわよ」

「どういう意味だ？」

「ついて来て」

「何だって？」

「いいから、黙ってついて来て」

部屋を出ると、安美は仲根を連れて、裏庭へ出た。

「こんな所があるのか」

「目立たないでしょ？」

ただの空地という感じだ。

「こっちよ」

その裏庭の隅に、プレハブの倉庫が建っていた。もうかなり古いらしい。

スチール製だが、方々に赤さびが出て、割れているところもある。ただ、扉には錠前がかかっていた。

「これがどうかしたのか？」

と、仲根が訊《き》くと、安美はポケットから鍵《かぎ》を取り出して、錠を外した。

そして、ガタピシときしむ扉を、力を入れて開ける。

「見て」

中を覗《のぞ》いた仲根は息を呑《の》んだ。

古くなった机や椅子など、ガラクタが積んである間に、手足を縛られた酒戸美亜が横たわっていたのだ。

「おい、これは……」

「ご覧の通りよ」

と、安美は言った。「お望みの〈お金の素《もと》〉ね」

「まさか……死んでないよな？」

「当り前でしょ。薬で眠らせてあるの」

「安美……。お前、どうやって――」

「ちゃんと見張ってたのよ、この娘をね。そしたら、例の女子大生が、男たちと一緒にこの娘をさらって逃げようとした。でも、この旅館の車で山道を逃げようとしたから、私はバイクで追いかけたのよ」

「それで？」

「案の定、真暗な山道で、車は危うく崖《がけ》から落ちそうになった。この娘と内山久美子、そして男が一人――笹井っていったわね。何とか車から抜け出したけど、そこで車が崖から落ちちゃったの」

「それじゃ……」

「他の仲間は助からなかったでしょ。私は助かった二人が意識の無いこの子を抱えて呆然《ぼうぜん》としてたところへ声をかけたの。逃げたと見せかけて、旅館の中に隠れればいい、って」

「それでここへ？」

「私じゃ、酒戸美亜を運んじゃ来られないからね。笹井って男が、美亜をかついで、ここへ運んで来たのよ」

「そうか。お前、大したもんだな」

と、仲根は安美の肩を叩《たた》いた。

「そうでしょ？　ちっとは見直した？」

「ああ、お前を見損なってたぜ」

と、仲根は言って、「それじゃ、内山久美子と笹井って男の二人は？」

「必要ないでしょ。この娘さえいれば、身代金はいくらでも要求できる」

「そりゃそうだが……」

「心配いらないわ。この辺の山の中には詳しいの、私。二人に、『ここに三人もいられないから、いい隠れ場所がある』って言ってね。もちろん、私も仲間に加えてもらう約束をしてたのよ」

「じゃ、二人は他の所に隠れてるのか？」

「古井戸の中」

「古井戸？」

「ええ。ずっと昔に使ってた井戸があってね。暗くて分らないから、『石で埋めてあるから、二メートルくらいしかないわ』って言って――二人を突き落とした」

「何だって？」

「相当深いの。すぐには死ななかったとしても、あの中で長くは生きちゃいられないわ」

「お前……」

「誰も気が付かないわよ。大丈夫」

安美は平然としている。

何て奴だ！　人を殺して、何とも思ってない。

仲根はゾッとしたが、

「いや、それならいい。お前のおかげで、逃げられずに済んだよ」

と、笑顔で言った。

「今度はちゃんとスターにしてもらうわよ」

「分ってるとも」

仲根は、酒戸美亜を見下ろして、「さて、身代金をどうやって要求するかな」

「この格好を、ケータイで撮っといたわ」

と、安美は言った。「その写真を送れば信用するでしょ」

「確かにな。よし、ユミカとも相談して――」

「だめよ！」

と、安美は遮った。

「何だ？」

「あんな頭の足りない女。犯罪に手を出す度胸も頭もないわよ。あなたと私だけで進めるの。それが一番確かよ」

仲根としても、安美のこの言葉には同感せざるを得ない。ユミカは、スターとして必要だが、難しい計画をこっそり進めるには向いていない。

「そうだな」

と、仲根が肯《うなず》くと、安美は嬉《うれ》しそうに、

「あなたもそう思う？」

と言った。

「ああ、思うよ」

「じゃあ――」

安美は仲根の腕を取って、「気の合う同士で、じっくり相談しましょ。ね？」

12　命がけ

「車の中には、男一人の死体があっただけでした」

と、殿永が言った。

「それって……」

と、亜由美は言いかけて、「男ってことは、美亜さんでも久美子さんでもないってことね」

「あなたの言っていた笹井という男でもなさそうです。見付かったのは、もっと若い男で、少し太っていたので、流されかけて、ドアの所に引っかかったらしいです」

殿永は旅館のロビーで、調査の結果を話していた。

亜由美たちは、しばし言葉がなかったが、

「じゃあ、他の人たちは……」

と、聡子が言った。

「あの急流です。おそらく流されてしまったんでしょう」

「そんな……」

亜由美はため息をついて、「久美子さんも可哀そうだわ。酒戸美亜さんを誘拐しようとしたのは悪いけど……」

「クゥーン……」

ドン・ファンが亜由美の足下で鳴いた。

「慰めてくれてるの？　ありがとう」

と、亜由美はドン・ファンの頭を撫《な》でた。

「ちょっと失礼」

殿永のケータイが鳴ったのである。殿永は立ち上りかけて、

「――何だと？」

と、声を上げた。「本当か！　それで？」

亜由美と聡子は顔を見合せた。殿永がこれほど驚いているのはよほどのことだ。

「――よし、分った。写真を送ってくれ」

「殿永さん、何が――」

「亜由美さん、酒戸雄太郎の所に、身代金要求の連絡があったそうです」

「まあ！　それじゃ――」

「要求するメールに、写真が添えられていたと」

「写真？」

「縛られている酒戸美亜です」

「でも――いつ撮ったものでしょう？」

「そこを今調べているところで……。写真を送って来ました」

亜由美たちは、殿永のケータイを覗《のぞ》き込んだ。

「本当だわ」

と、亜由美は言った。「美亜さんに間違いない」

「でも、車の中にいたんじゃないの？」

「この写真がいつ撮られたものか、ね」

「待って下さい」

殿永のケータイに再び着信があった。「――うん、分った」

「何か分りましたか？」

「いつ撮ったのかは調べようがないようですが……」

ドン・ファンが起き上って、亜由美のスカートにかみついた。

「ちょっと！　ドン・ファン、何するのよ！」

「ワン！」

と、ドン・ファンが吠《ほ》える。

「待って。何か言いたそうね。――服？　そうか」

亜由美は、殿永のケータイをもう一度覗き込んで、「美亜さん、この写真だと何を着てるのか、よく分りませんね。拡大できませんか？」

「パソコンの方へ送らせましょう」

旅館のパソコンに写真を送らせ、亜由美はその間に西方百合子を呼んだ。

パソコンの画面一杯に大きく映し出された写真を見て、

「美亜さん！　ひどいことして！」

と、百合子は息を呑《の》んだ。

「百合子ちゃん、美亜さんがさらわれたとき、何を着てた？」

と、亜由美が訊《き》く。

「ええと……。浴衣《ゆかた》です。でも——何か上にはおっていました。誘拐した人たちが、縛られてるのを隠そうとして、誰かのコートをかけてたみたいです」

「そうか。コートですね、この写真に写ってるのは」

と、殿永が肯いて、「すると、やはり誘拐された後に撮られたものということになる」

「でも——そのまま車に乗せてったんでしょう、きっと」

「おそらくね。邪魔が入らないように」

「でも——これ、どう見ても車の中じゃないですよ」

縛られている美亜の周囲は暗くて、よく見えないが、何か角ばったものの形がうっすらと見えていた。

「殿永さん」

と、亜由美は言った。「美亜さんは生きてますよ」

「この写真を見ると、その可能性も――」

「美亜さんだけじゃない。内山久美子さんも生きてます！」

「どうして分るんです？」

と、殿永が訊いた。

「理由は簡単です」

「誰かが身代金を要求してるからですか？」

「いいえ」

と、亜由美は首を振って、「私がそう言ってるからです！」

「はあ……」

「死んだと思っていた美亜さんが生きてたんです！　久美子さんだって生きてるに違いありません」

と、亜由美は断言した。

「亜由美、それは理屈になってないよ」

と、聡子が言うと、

「それはいつものことです」

と、声がした。

「お母さん」

清美が立っていたのである。

「亜由美は、いつも理屈など無視している子ですから」

と、清美は言った。

「いつもってこと、ないでしょ」

「でも、この子は理屈で考えるには少々馬鹿ですけど、代りに人様にはない直感があります」

「それって、ほめてるの？　けなしてるの？」

「事実を述べてるだけ」

と、清美はアッサリと、「でも、この子の直感はときどき当ることがあります」

「悪かったわね。いつも、いつもじゃなくて」

「いつも当ってたら、もっと稼いでるわよ」

「金がすべてではない！」

と、突然口を挟んで来たのは、父の塚川貞夫だった。

「お父さん、どうしたの？」

亜由美は顔をしかめた。

「亜由美の直感こそ、今信じるべきだと言いたいのだ」

「また突然――」

「信念を持って進め！　わが娘よ」

「お母さん。お父さん、ゆうべ何かTVでも見てたの？」

「中世の騎士の話をね」

「そのせいか……」

そのとき、ドン・ファンが、

「ワン！」

と、ひと声、甲高く鳴いた。

「何よ、びっくりするじゃない」

すると、ドン・ファンはロビーからタッタッと小走りに出て行った。

亜由美も立ち上って、「ドン・ファンが何か気が付いたのかも。――聡子、おいで！」

「どうしたの？」

「うん！」

二人は急いでドン・ファンの後を追った。

短い脚ながら（ドン・ファンにかみつかれるかもしれないが）、ドン・ファンは勢いよく廊下を駆けて行った。

「ちょっと！　待ってよ！　ドン・ファン！　どこに行くのよ！」

追いかける亜由美がハアハア息を切らすほどだった。

そして——ドン・ファンは旅館の中のカラオケルームが並んでいる所を通り抜け、奥の部屋へと入って行った。

「ああ……。また汗かいちゃったじゃないの！」

と、亜由美はその部屋の入口で足を止めて、

「え？」

と、思わず声を上げた。「ドン・ファン、ここって……」

そこは、温泉旅館にはつきものの場所だった。

今は誰もいない室内には——卓球台が置かれていたのだ。

やっと追いついた聡子が、

「え？　何よ、ここ」

「ピンポン……」

「そりゃ分るけど」

殿永もやって来て汗を拭《ふ》くと、

「今でも、こんな物があるんですな」

と言った。

以前は確かに温泉旅館での遊びというと、浴衣姿のおじさんたちがピンポンに興じているというのが定番だったが、今はあまり見かけない。

ドン・ファンはピンポン台の上にフワリと飛び乗って、

「ワン！」

と、ひと声吠《ほ》えた。

「ドン・ファン！　まさか、あんた、ピンポンやりたくて来たんじゃないわよね」

と、亜由美が腰に手を当ててにらむと、

「ワン！」

見損なうな、とでも言いたげに吠える。

「いや、これは何か理由がありそうですな」

と、殿永は汗をハンカチで拭《ぬぐ》いながら、「ドン・ファンのことだ。きっと……」

「もちろん私もそう思っていますわ」

と、亜由美は咳払《せきばら》いして、「それで？　ドン・ファンは何が言いたいの？」

ドン・ファンは黙ってピンポン台の隅の方へ歩いて行って振り向いた。

「そこに何か手掛りがあるの？」

と、亜由美が言うと、ドン・ファンはちょっと苛《いら》ついた風で、

「ウー……」

と唸《うな》った。

「――待って下さい」

亜由美はハッとした。「殿永さん、さっきの美亜さんの写真、見せて下さい」

「これですか」

と、殿永がケータイを渡す。

「少しでも大きい方が。――パソコンに送ったのを見たいわ」

かくて、旅館の従業員がパソコンを抱えて駆けつけることになった。

「見て」

パソコンをピンポン台の上に置いて、あの写真を目一杯拡大すると、「この――美亜さんの周りの暗いところ。ぼんやりと見えてるでしょ、何か角ばったもの」

「何かの角ね」

と、聡子が言って、「――まさか」

「見て！　このピンポン台の角と同じだわ。白い線が入ってるのが分るでしょ」

「そう言われれば……」

「もし、これと同じピンポン台だとしたら……」

亜由美は旅館の男に、「古いピンポン台を処分しませんでしたか?」と訊《き》いた。

「さあ……。私はまだここへ来て二年ほどなので……」

「古くから勤めている人を呼んで下さい」

しかし、呼ぶまでもなく、駆けつけて来たのは受付の責任者で、

「私で何かお役に立つのなら……」

「これ――ピンポン台の古いのを、どこかへ片付けませんでしたか?」

「はあ……。以前はここがもっと広くて、二台置いてあったんです。でも、お使いになる方が減って、カラオケルームを増やしました。そのとき、一台を運び出して……」

「どこへ持って行ったんですか?」

訊かれて、しばらく考えていたが、

「――ああ! 確か裏庭のプレハブの倉庫の中へ。もう捨てようかとも思ったんですが、もし、また二台に増やすことがあったら、というので……」

亜由美は遮って、

「そのプレハブに連れてって下さい!」

「久しぶりだわね」

と、安美は伸びをした。「男ともこのところ、さっぱり縁がなかったわ」

「これからは好き放題だろ。スターになれば自然、男が寄って来る」

と、仲根は言った。

「そうね。もっと若い男がね」

「おい、仕方ないだろ。俺はもう四十五だぜ」

「悪くなかったわよ、その年齢《とし》にしちゃ」

安美はベッドから裸で出ると、「シャワー浴びてくるわ」

と、浴室へ入って行った。

シャワーの音が聞こえてくると、仲根は急いでベッドから出て、上着のポケットからケータイを取り出し、電源を入れた。

案の定、ユミカから何度もかかっている。

仲根はちょっと浴室の方へ目をやった。

直接話すのはまずい。安美も用心深くなっているだろう。

仲根はメールを送ることにした。

〈ユミカ。今、安美の部屋にいる。カッとなるなよ！　わけがあるんだ。安美が例の娘を手に入れた。縛って隠してある。身代金も安美が要求した。十億だ！　しかし、安美はまともじゃない。娘をさらった連中を殺したんだ。それで本人はスターに戻れると思ってる。このままじゃ、俺たちも殺人の共犯にされかねない。俺たちは娘を助け出す。そして礼金をたんまりもらう。安美には、うまく死んでもらう。そして誘拐も殺人も、一人でやったことにする。分っただろ？　だから今は安美をおだてて仲間だと思わせるんだ。いいか。間違っても安美とケンカなんかするなよ〉

浴室のシャワーの音が止った。

仲根は急いでメールを送ると、ケータイをポケットに戻した。

「——ああ、さっぱりしたわ」

と、安美がバスタオルを体に巻いて出て来た。「あなたは？」

「俺は後で温泉に入るよ。それで——身代金のことはどうなってるんだ？」

「十億だもの、そう今すぐってわけにゃいかないでしょ。でも、そう待ってられない。美亜がいつ死ぬかもしれないって言ってやってるから大丈夫。今夜、向うから連絡が入るわ」

「十億か！　それだけありゃな」

と、仲根は服を着ながら言った。

「間違えないでね。私はスターになりたいの。お金はそのために使うのよ」

と、安美は言った。

「分ってるとも」

仲根は安美にキスした。

「ともかく、差し当りはユミカに内緒よ」

「ああ、分ってる。僕らのことも気付かれないようにしよう」

「そうね。その方がいいわ」

――これでよし、と仲根は思った。

安美は一応ここに雇われている。表向きは仕事もしなければならない。その間に、酒戸美亜を救い出すのだ。そして、礼金をせしめる……。

きっとうまく行く、と仲根は確信した。

13　誤　算

低い呻《うめ》き声を上げて、小さく頭を左右に振ると、美亜は目を開けた。

「気が付いた！」

と、百合子が覗《のぞ》き込んで、「美亜さん！　大丈夫ですか？」

「ああ……」

美亜は顔をしかめて、「頭が……痛い」

「麻酔薬をかがされてたんだから、当然よ」

と、亜由美が言った。「もう大丈夫。心配しないで」

美亜は大きく息をついて、

「ここ……どこ？」

「旅館の中ですよ」

と、百合子が言った。「離れになってるから、誰も気が付かないって」

「私……どうなったの？」

「女湯で襲われて——」

「ああ、そうだったわ」

と、美亜は肯《うなず》いて、「お湯から上って、脱衣所に戻ったら、いきなり……」

そして、ハッとしたように、

「内山久美子さんがいたわ。——私を誘拐したのね」

「ええ、でも、途中で車が……」

亜由美が、車が崖《がけ》から落ちたこと、誰かが美亜を倉庫へ運んだことを説明した。

「じゃあ、犯人は——」

「誰があなたを倉庫へ運んだのか、分らないの」

と、亜由美は言った。「でも、あなたの写真を撮って、身代金をお父さんに要求しているわ」

殿永がケータイの写真を見せて、

「何か憶《おぼ》えていますか？」

と訊《き》いた。

「いいえ……。薬が効いてたんだと思います。でも、一旦《いったん》車で出たのに、旅館に戻ったんですね」

「ええ。倉庫を見張らせています。犯人が必ず現われる」

と、殿永は言った。

「でも……どうやって私のこと、見付けてくれたんですか？」

「それはこいつのお手柄で」

と、亜由美がドン・ファンを紹介した。

事情を聞いて、

「まあ……。そのワンちゃんに、一生分のおやつをあげるわ」

「ワン」

「太り過ぎると困るから、やめて」

と、亜由美が言った。

美亜はゆっくり布団に起き上った。

「大丈夫、美亜さん？」

と、百合子が心配そうに言った。

「ええ。——百合子ちゃん、あなた修学旅行なんでしょ？」

「先生には、刑事さんが話してくれてるから大丈夫です」

「そう……。でも、倉庫に私がいなかったら、犯人が捕まえられないんじゃ？」

「いや、そこまで心配していただかなくても」

と、殿永が言った。

「内山久美子さんは無事なのかしら……」

と、美亜は言った。「車が落ちたときに、一緒に……。でもそうなると、誰が私を運んだんでしょう？」

「あなたは休んでいなくては」

「私……倉庫に戻っていましょうか」

と、美亜は言った。

「え？」

「そうすれば犯人も油断するでしょ。きっと一人じゃないと思います」

「それは無茶よ」

と、亜由美が言った。「せっかくこうして……」

「父に、私が見付かったことは？」

「まだ知らせていません」

と、殿永が言った。「犯人が身代金を受け取るつもりでいた方がいいと思って」

「知らせないで下さい」

と、美亜は言った。「父には心配させた方がいいんです」

「美亜さん」

と、百合子が言った。「私が美亜さんの身代りになりましょうか」

「百合子ちゃんが？」

「薄暗い倉庫の中だし、縛られて寝てれば、分りませんよ」

「高校生の女の子に、そんな危《あぶな》いこと……」

と、聡子が言った。「ねえ、亜由美?」

「そうよ! もしものことがあったら……」

と言いかけて、「聡子、それって、私に身代りになれってこと?」

「私、何も言ってないわよ」

と、聡子は澄まして目をそらした……。


亜由美を残して、聡子は西方百合子を連れて本館の方へと戻った。

ロビーに出ると、

「大丈夫でしょうか、亜由美さん」

と、百合子は気が気でない様子で言った。

「平気平気。あの子はね、これまでも散々危い目にあって来てるの。いつもしたたかに生き延びる奴なのよ」

亜由美が聞いていたら、

「他人事《ひとごと》だと思って!」

と怒っただろう。

聡子は、ロビーのソファに座って新聞を広げている男に目をとめると、

「あ……。さっきはどうも」

と、声をかけた。

崖から落ちそうになったとき、助けてくれた相沢である。

「やあ。傷は痛みませんか？」

と、相沢は訊いた。

「はい、もう少しも。――相沢さん、でしたね。あのときは、ちゃんとお礼も言わなくて……」

「いや、無事で良かった」

「相沢さんもすりむいたんじゃ？」

「何てことないですよ」

と、相沢は首を振った。

「お礼しなきゃ、と思ってたんです。コーヒーでも？」

「いや、お気づかいなく」

「でも……」

「では、ここでいただきましょう」

「頼んで来ます！」

聡子は張り切って駆け出した。

相沢は新聞へ目を戻したが——。

「相沢先生?」

その声に、ゆっくり顔を向けて、

「——西方!」

「やっぱり! 相沢先生!」

と、百合子は言って、隣に座った。「びっくりした!」

「こっちもだ」

と、相沢は言った。「お前……」

「修学旅行なの」

「そうか。——元気でやってるか」

「まあ……ね」

「どうしたんだ?」

「お母さんが……」

百合子が、心を病んでいる母のことを話すと、

「そうか」

と、相沢は肯いた。「大変だな、お前も」

「でも——先生、どうしてたの?」

と、百合子は相沢を見つめて、「突然いなくなっちゃうんだもの！　ショックだったよ」

「そうだな。──すまん」

と、相沢は肯《うなず》いて、「お前たちに偉そうに説教しといて、いざ自分が困ったことになると、どうすることもできなかったんだ」

百合子は、ちょっと声をひそめて、

「本当だったの？　あの後、色んな噂があって……。相沢先生、人の奥さんと駆け落ちしたって……」

相沢は百合子から目をそらして、

「もう忘れた」

と言った。「俺のことも忘れろ。昔、同じ名前の教師がいた、ってだけだ」

「忘れないよ」

と、百合子は言い返した。「私の気持、分ってくれてたの、相沢先生だけだもの」

「西方……」

「私、お母さんを恨まないでいられるのは、先生のおかげだよ。『人を責めるな』って言ってくれた。『たいていの場合、その当人が一番苦しんでる』って……」

相沢は黙っていた。百合子は、

「今、何してるの?」

と訊《き》いた。

「大したことじゃない」

「ここには仕事で?」

「ああ」

「これから?」

「いや、もう終った」

「今の——神田聡子さんを助けたの?」

「たまたまだ」

と、相沢が事情を話すと、百合子は嬉《うれ》しそうに、

「やっぱり相沢先生だ! 人助けに命をかけるのが、立派な人間のすることだって言ってたものね」

「そんなこと言ったか?」

「いやだ、忘れたの?」

と、百合子が笑った。

「忘れた。——昔のことは、もう思い出さないことにしたんだ」

と、相沢は立ち上った。

「先生、聡子さんが――」

「コーヒーが来たら、代りに飲んどけ」

と言って、相沢は足早に立ち去った。

百合子は、追いかけようとして、やめた。相沢が、百合子からでなく、何かから必死で逃げようとしているのを感じたからだ。

「――お待たせ！」

と、聡子が盆を手に戻って来た。「面倒だから、自分で運んで来たわ。――あら」

聡子はロビーを見回して、

「百合子ちゃん、今、ここにいた男の人、どこに行った？」

と訊いた。

「あ……。何か用を思い出したって」

「あら、そう。残念ね」

聡子は拍子抜けの様子で言った。

夜になった。

夕食をすませると、仲根は、

「ユミカ」

と、コーヒーを飲みながら言った。「一時間したら……。いいな」

ユミカは、何となく食事の間、黙っていたが、

「──え？　──ああ、分ったわ」

「おい、大丈夫か？」

と、仲根は言った。

ユミカはメールを読んでいるはずだ。たぶん緊張しているのだろう。

「私、ちょっと温泉に入ってくるわ」

と、ユミカは席を立って、ダイニングルームを出て行った。

「やれやれ……」

まあ、一風呂《ひとふろ》浴びて、いざ作戦にとりかかる用意ができるのなら結構だが。

すると、ダイニングへ入って来る八田圭治が目に入った。──そうか。あいつを使おう！

「おい、圭治君」

と、手招きする。

「あ、仲根さん」

圭治は仲根のテーブルにつくと、「心配で僕、食欲がなくて……」

「心配するな」

と、仲根は声をひそめて、「美亜ちゃんは生きてる」

「じゃ、本当に身代金を?」

「助け出そう。僕らで。そうすれば、彼女の父親から、たんまり礼金をせしめられる」

「でも――どうやって助けるんです?」

「力を貸してくれ。僕一人じゃ、心細い」

「もちろん、いいですけど……。でも、どこにいるか、分ってるんですか?」

「ああ、分ってる」

「本当ですか!」

と、圭治は目を輝かせた。

「大きな声を出すな!」

と、仲根はあわてて、「これは極秘の内にやるんだ。そうでないと、僕らの功績ってことにならない」

「分りました!」

と、圭治は肯くと、「じゃあ、食べて元気をつけないと!」

「ああ、その方がいいよ」

圭治は、ステーキ定食を注文して、

「急いで持って来てね。ご飯大盛りで!」

仲根は、圭治のことも、あまり頼りにしない方がいい、と思った。

圭治がステーキに夢中になっている間に、仲根は廊下へ出ると、

「おい、安美」

と、小声で呼んだ。

「――ここよ」

安美が廊下をやって来ると、「もう仕事は終ったわ」

「暗くなった。一度、あの娘の様子を見に行こう」

「いいわよ。いつ？」

「まだ少し人が多いからな。一時間したら、裏庭へ出る戸口のところで」

「分ったわ」

「身代金の件で何か？」

「今夜十二時に連絡することにしたわ。向うは十億円、用意できるって。明日《あした》にはね」

「大したもんだな！」

と、仲根は安美の肩を抱いた。

「ユミカさんは？」

「あいつはまた温泉さ。ふやけちまうぞ、その内」

「いいじゃないの。却《かえ》って邪魔が入らなくって」

と、安美は笑って言った。

「じゃ、後でな」

「ねえ」

「何だ？」

「キスしてよ」

「いいとも」

仲根は、安美を抱き寄せてキスした。騙《だま》しているのだと思うと、むしろ愉快だった。

ユミカは一向に戻って来なかった。

仲根は、

「まあいいか……」

と呟《つぶや》いた。

確かに、ユミカは乱暴なことには向いていない。

仲根は、圭治に、自分が安美と裏庭に出るのを、先に外で待っていろ、と言い含めてあった。

「何か武器になるものを持てよ」

「ゴルフのクラブでも？　廊下に飾ってありましたよ」

「うん、それでいい」

安美は油断している。ゴルフクラブで一撃すれば、簡単だろう。

——時間になって、仲根は裏庭に出る戸口の所へ行った。

安美は来ていない。

「時間は過ぎてるぞ……」

と呟くと、戸口が急に開いて、

「待ってたわ」

と、安美が顔を出した。

「何だ、先に来てたのか」

「行きましょう」

安美は大きめのライトを手にしていた。

「ああ……。まだ眠ってるのかな?」

「大丈夫よ。目が覚めても、声を出せないようにしてある」

「お前も大した女だな」

と、仲根は言った。

「スターになるためならね、何でもやるわ」

と、安美は言った。

プレハブの倉庫まで来ると、安美が鍵《かぎ》を外す。

仲根はチラッと周囲を見た。圭治の奴、どこにいるんだ？

「さあ……」

安美が戸を開ける。ライトに、縛られている娘が浮び上った。

「これが十億なのね」

と、安美が言った。

「そうだな」

圭治が現われない。――どこにいるんだ？

「ねえ」

と、安美が言った。

「何だ？」

「例の内山久美子と笹井を突き落とした井戸へ案内しましょうか」

「ああ……。そうだな」

「あなたも知ってた方がいいわ。仲間だものね」

と、安美は言った。

「確かにな。じゃ、連れてってくれ」

その井戸へ、安美を突き落とそう。とっさに、仲根は考えていた。――死体で見付かれば、何とでも理屈はつく。

「――こっちよ」

深い草の間を分けて行く。ライトが照らす足下を用心しながら、仲根は進んで行った。

「ここよ」

と、足を止めて、安美が言った。

割れた古い板で覆ってあるが、石を積んで作られた井戸だと分る。

「ここか……。深いんだろ」

「覗《のぞ》いてみたら？」

安美が板を外した。仲根はそっと中を覗いたが、暗闇ばかりだ。

「――何も見えないな」

と、肩をすくめると、

「もう何も見えなくなるわよ、あんたには」

安美の口調が変った。

振り向くと――安美が拳銃《けんじゅう》を構えて、銃口を仲根に向けていた。

「おい……」

「あの若いのを待ってもむだよ。私がのしといたから」

「安美……。どうしたっていうんだ？」

「この拳銃は笹井って男が持ってたの。ここであんたは死ぬのよ」

「何だって？」

「私が酒戸美亜を救い出すの。そして礼金をもらう。話題になって、スターに戻れるわ」

「安美！　馬鹿言うな！」

「あんたもドジね」

と、安美は言った。「私がシャワー浴びてる間に、メールしたでしょ」

「安美……」

安美は笑いながら、

「あんたはね、あわててたから、ユミカに送るはずのメールを私に送っちまったのよ」

「——何だと？」

仲根は青ざめた。——安美のことばかり考えていて、浴室から出て来そうになったので、あわてて……。畜生！

「誰があんたなんかにやられるもんですか」

安美が言った。「その井戸の中で、仲良くあの世へ行くのね」

「待ってくれ！　安美！」

「むだよ。あわてんぼの自分を恨むのね」

と、安美は言った。「バイバイ」

銃声が響いた。

仲根は思わず目を閉じたが……。

痛くない？　目を開けると、安美が倒れていた。

どうしたんだ？

駆けつけて来る足音。

「――ここにいたのか」

と、殿永が言った。「亜由美さん」

と呼ぶと、

「もう！　見失うなんて、だらしない！」

と、亜由美が駆けて来た。

「あんたは……」

「美亜さんはもう助けられてるんですよ」

と、亜由美が言った。「私が身代りになってたの」

「じゃあ……」

「誰が撃ったの？」

と、亜由美が言った。

「分らない。ともかく、こんなことになるとは……」

仲根は呆然《ぼうぜん》としていた。

「刑事さん」

と、声がした。

「相沢さん！」

亜由美が目をみはった。相沢が拳銃を持っていたのだ。

「お前か」

と、殿永が言った。「浅倉を殺したのは」

「ああ」

「どうしてこの女を――」

「人助けさ」

と、相沢は言った。「人を殺した分、他で人助けすることにしてるんだ」

「拳銃を渡せ」

「いや、ここで始末をつける」

相沢は自らのこめかみに銃口を当てた。

「おい――」

「西方百合子に伝えてくれ」

と、相沢は言った。「俺は最後に人助けをして死んだと」

「どうして……」

「塚川さんだったね。俺は病気でね、もう長くないんだ。捕まえても意味ないぜ」

「相沢さん……」

「以前、俺は教師だった。西方百合子は俺の生徒の一人だったんだ」

そう言うと、相沢は微笑んで、「百合子によろしく言ってくれ」

そして、引金を引いた。

「――殿永さん」

「たぶん、こいつも死ぬつもりでここへ来たんでしょうね」

と、殿永が言った。

そのとき――井戸の中から、

「亜由美さん！」

「え？　――久美子？」

という声がした。

「ここに笹井さんと二人で……。足を骨折して動けないの！」

「分った！　待ってて！」

亜由美は殿永へ、「言ったでしょ！　久美子も生きてるって！」

と、叫ぶように言った。

「早く、人を呼んで下さい！」

殿永があわてて駆け出して行く。

仲根は力なくその場に座り込んでいた。

「ワン！」

ドン・ファンがやって来て、力強く吠《ほ》える。

「あんた……。肝心のときにいないんだから！」

聡子もやって来たが、相沢が倒れているのを見て、

「亜由美……。相沢さんに何したの？」

「え？」

亜由美は面食らった。

「馬鹿ね」

と、ユミカが言った。「あんたにゃ、独立なんて無理よ」

「分ってる」

仲根は仏頂面で、「お前だって……いつまでスターでいられるか」

「メールを送り間違えるなんて!」

「何度も言うな!」

二人はロビーで怒鳴り合っていた。

「何だ……」

ロビーの隅で、力なく立っていたのは、リポーターの道山だった。「やっぱりスクープしそこないか……」

美亜がやって来て、

「亜由美さん。色々ありがとう」

と言った。

亜由美たちも帰り仕度をしてロビーにいたのである。

「無事で良かったわ。久美子さんも」

「生きてることが大切よね」

と、美亜は言った。

「ボーイフレンドは?」

「圭治? 頭殴られて入院してる。ちっとは頭、良くなったかも」

と笑った。「——もう飽きたわ。少し、大学にでも真面目に行ってみるかな」

修学旅行の生徒たちがドッと出て来て、表のバスに乗り込んで行く。

「美亜さん」

百合子がバッグを手にやって来て、「無事で良かったですね」

「ありがとう」

「相沢先生も……やっぱり昔通りだった」

と、百合子は言った。「人はそう変るもんじゃないんですね」

「そうね。――ね、私と一緒に帰らない？　二人で生活してみるってどう？」

「はい！」

美亜は百合子の肩を抱いて、

「うち、マンションが十二、三戸余ってるから」

二人が玄関から出て行くのを見送って、

「空いてるマンション、二、三戸くれないかな」

と、聡子が言った。

「よしなさいよ」

と、亜由美は言った。

ご機嫌なのは、亜由美の両親で、

「いいお湯だったわ！　また来ましょうね」

と、清美は夫に言った。

「うん。夫婦の絆《きずな》を確かめられたな」

と、塚川が清美の肩を抱く。

亜由美は目をそらして、

「見ちゃいらんない！　ね、ドン・ファン」

と、声をかけたが、

「ワン！」

ドン・ファンの声は、表から聞こえて来た。

女生徒たちのバスを、ドン・ファンは愉《たの》しげに見送っていたのだった……。

解説　「賑やかさ」という祝祭

三宅《みやけ》香帆《かほ》（書評家）

赤川《あかがわ》次郎《じろう》氏の小説を読むと、いつも「賑《にぎ》やかさ」がエンターテインメントにとってどれだけ大切であるかを実感する。

大人数の人生が交錯することで生まれる愉《たの》しさ。そして浮き彫りになる他人の人生のきらめき。ラストですべての人間の思惑が絡み合うことの面白さ。それこそがエンターテインメントなのだと、私たちは他人の人生がたくさん見たくて物語を読んでいるのだと、赤川次郎氏の小説はいつも教えてくれるのだ。

本作は赤川氏による「花嫁シリーズ」の一作品である。

「花嫁シリーズ」1作目『忙しい花嫁』がジョイ・ノベルスより刊行されたのは、1983年のことだった。一方でシリーズ30作目となる本作『綱わたりの花嫁』が角川文庫化された現在は2023年。つまりこの文庫が刊行される年は、「花嫁シリーズ」誕生40周年なのだ。なんと40年間にもわたり、赤川氏はこのシリーズを刊行してきたのである。

そもそも赤川氏の作家史を語るうえで、シリーズ小説の存在は欠かすことができない。猫が主人公という画期的なアイデアによって現在も抜群の人気を誇る「三毛猫ホームズシリーズ」。とある一家の三姉妹が探偵役となる「三姉妹探偵団シリーズ」。警部と女子大生が事件を解決する「幽霊シリーズ」。その他、赤川氏のキャリアには、大人気のシリーズ小説がいくつも誕生している。いずれも映像作品としても人気を博しているのは、赤川氏の生み出したアイデア、キャラクター、そしてストーリーが、エンタメとして一級品である証拠だろう。

赤川氏の描くシリーズ小説は、ミステリとしての面白さはもちろんのこと、同時にキャラクターの軽快な魅力が特徴的だ。これは想像の範疇《はんちゅう》でしかないが、シリーズ小説ほど主人公のキャラクターが重要なジャンルもないだろう。「このシリーズを読めば、このキャラに会える」という信頼とともに、読者は最新作を手に取るのだから。「花嫁シリーズ」もまた、探偵役は女子大生・塚川《つかがわ》亜由美《あゆみ》、愛犬ダックスフントのドン・ファン、そして亜由美の周囲の人々と決まっている。そして「花嫁」が事件の主役であることが本シリーズの共通項である。

花嫁という言葉も、1作目刊行時１９８３年――バブル経済を目前にした時代――のウェディング事情と、30作目刊行現在の２０２３年とでは、その意味も期待も確実に異なってしまった。さらに令和に入ってから猛威を振るうようになったコロナ禍においては、結婚式を挙げるカップルも減り、ウェディングドレスへの憧《あこが》れも減っているかもしれない。しかしそんな中でも、赤川氏の描く花嫁の魅力は、決して失われない。もしかすると今、私たちが忘れていたものを思い出させてくれているのではないか、と本書を読んで思ったほどである。

本作の「花嫁」とは、とある大手パチンコチェーン店の社長令嬢である酒戸《さかと》美亜《みあ》。21歳の若さでウェディングドレスを着ることになった彼女に、ある事件が起こる。結婚式が始まろうとする最中、新婦の美亜が何者かに誘拐されてしまうのである。うろたえる両親は、警察にはやく事件を解決しろと詰め寄る。しかしそこでとんでもない事実が発覚した。なんと連れ去られた花嫁は、美亜本人ではなく、美亜の代理として「花嫁のふりをしていた」別の女性だったのだ。

どうやら美亜は別の男性と駆け落ちをすべく、アルバイトとして別の女性に花嫁のふりを頼んでいたらしい。偶然その事実を知った女子大生の塚川亜由美は、事件の解決に関わることとなる。しかし駆け落ちの事実を知った美亜の父は、なんとも横暴な発言をし始めるのだった……。

社長令嬢・美亜の駆け落ち物語、女子大生探偵・亜由美の事件解決ストーリー、そして花嫁代理アルバイトと誘拐犯たちが繰り広げる、ドタバタコメディ×長編ミステリ。赤川次郎の描く「花嫁シリーズ」の魅力が詰まった作品となっている。

ちなみに本作の構成は、「花嫁シリーズ」のなかでも珍しい長編となっている。というのも「花嫁シリーズ」は中編小説が二編収録されているのが通常仕様だからだ。今回は登場人物も多く、さらにドン・ファンなどお馴染《なじ》みのキャラクターがたくさん活躍しているため、「花嫁シリーズ」を初めて読む方にもおすすめしたい一冊だ。


本書の魅力は、なんといっても一気にページを捲《めく》りたくなってしまう軽やかさ。小説に身構えてしまう読者であっても、おそらく本書ならば「こんなにも明るく賑やかな小説があるのか」と驚いてもらえるのではないだろうか。

さらにたくさん登場するキャラクターも、誰か感情移入できる人物が見つかることだろう。とくに性格も背景も謎の女性である気まぐれお嬢・美亜、彼女の花嫁代行をするが誘拐された後とんでもない行動に出る久美子《くみこ》、物語の途中から登場する芸能界の女性たちなど、女性の存在感は大きい。一冊の中で様々なヒロインが登場するからこそ、それぞれの思惑がどのように絡み合うのか、高揚しながらページを捲ることができる。

さらに物語の軽やかさによって忘れてしまいそうになるが、意外とヘビーな人生模様もしっかり綴《つづ》られている。思いがけない誘拐犯の半生や、駆け落ち相手の元同僚の仕事模様。そしてユーモアたっぷりに綴られる亜由美の両親の仲の良さなども垣間《かいま》見える。

さまざまな人々の人生を、一冊の小説で私たちは覗《のぞ》き見ることができる。ああ、それこそが小説の醍醐味《だいごみ》だったのだ、そう思い出させてくれるのが本書なのである。

またそれだけたくさんのキャラクターが登場するものだから、小説は全編にわたってテンポ良く、そして賑やかに進む。この賑やかさこそが、赤川ミステリの真骨頂ではないだろうか。

賑やかであること。それは、エンターテインメントとして私たちに届けられる祝福なのかもしれない、と本書を読むと思う。もはやコロナ禍によって珍しいものになってしまった、大人数のわちゃわちゃとした密な絡み合いが、本書にぎゅっと濃縮されている。結婚式が少し遠ざけられたり、あるいは大人数の人間関係が避けられがちである、今の時代にこそ、その賑やかさは心に響いてくる。

――小説のみならず、今のエンタメ世界にとって最も足りていないもののひとつが、「賑やかさ」ではないだろうか。本書を読むと、そんなふうに感じてしまう。

現実で賑やかになることの少ない現在だからこそ、物語のなかで思いっきり賑やかに、様々な人々の人生と関わりたい。ちょっとした悪戯《いたずら》に振り回されてみたい。そしてその先にある景色を見たい。誰もが明るく終わることのできる未来を、読みたい。

そんな願いを、赤川氏は叶《かな》え続けてくれている。

本書は、二〇一九年六月に実業之日本社文庫
として刊行されました。

綱《つな》わたりの花嫁《はなよめ》

赤川次郎《あかがわじろう》

令和5年 3月25日 初版発行

発行者●山下直久

発行●株式会社KADOKAWA
〒102-8177 東京都千代田区富士見2-13-3
電話 0570-002-301（ナビダイヤル）

角川文庫 23576

印刷所●株式会社暁印刷
製本所●本間製本株式会社

表紙画●和田三造

●お問い合わせ
https://www.kadokawa.co.jp/（「お問い合わせ」へお進みください）
※内容によっては、お答えできない場合があります。
※サポートは日本国内のみとさせていただきます。
※Japanese text only

ISBN 978-4-04-112738-4 C0193

角川文庫発刊に際して

角川源義

第二次世界大戦の敗北は、軍事力の敗北であった以上に、私たちの若い文化力の敗退であった。私たちの文化が戦争に対して如何に無力であり、単なるあだ花に過ぎなかったかを、私たちは身を以て体験し痛感した。西洋近代文化の摂取にとって、明治以後八十年の歳月は決して短かすぎたとは言えない。にもかかわらず、近代文化の伝統を確立し、自由な批判と柔軟な良識に富む文化層として自らを形成することに私たちは失敗して来た。そしてこれは、各層への文化の普及滲透を任務とする出版人の責任でもあった。

一九四五年以来、私たちは再び振出しに戻り、第一歩から踏み出すことを余儀なくされた。これは大きな不幸ではあるが、反面、これまでの混沌・未熟・歪曲の中にあった我が国の文化に秩序と確たる基礎を齎らすためには絶好の機会でもある。角川書店は、このような祖国の文化的危機にあたり、微力をも顧みず再建の礎石たるべき抱負と決意とをもって出発したが、ここに創立以来の念願を果すべく角川文庫を発刊する。これまで刊行されたあらゆる全集叢書文庫類の長所と短所とを検討し、古今東西の不朽の典籍を、良心的編集のもとに、廉価に、そして書架にふさわしい美本として、多くのひとびとに提供しようとする。しかし私たちは徒らに百科全書的な知識のジレッタントを作ることを目的とせず、あくまで祖国の文化に秩序と再建への道を示し、この文庫を角川書店の栄ある事業として、今後永久に継続発展せしめ、学芸と教養との殿堂として大成せんことを期したい。多くの読書子の愛情ある忠言と支持とによって、この希望と抱負とを完遂せしめられんことを願う。

一九四九年五月三日

角川文庫ベストセラー

三毛猫ホームズの卒業論文　赤川次郎

共同で卒業論文に取り組んでいた淳子と悠一。しかし論文が完成した夜、悠一は何者かに刺されてしまう。二人の書いた論文の題材が原因なのか。事件を追う片山兄妹にも危険が迫り……人気シリーズ第40弾！

三毛猫ホームズの降霊会　赤川次郎

霊媒師の柳井と中学の同級生だった片山義太郎は、妹・晴美、ホームズとともに3年前の未解決事件の被害者を呼び出す降霊会に立ち会う。しかし、妨害工作が次々と起きて――。超人気シリーズ第41弾。

三毛猫ホームズの危険な火遊び　赤川次郎

逮捕された兄の弁護士費用を義理の父に出させるため、美咲は偽装誘拐を計画する。しかし誘拐犯役の中田が連れ去ったのは、美咲ではなく国会議員の愛人だった！　事情を聞いた彼女は二人に協力するが……。

三毛猫ホームズの暗黒迷路　赤川次郎

ゴーストタウンに潜んでいる殺人犯の金山を追跡中、笹井は誤って同僚を撃ってしまう。その現場を金山に目撃され、逃亡の手助けを約束させられる。片山兄妹がホームズと共に大活躍する人気シリーズ第43弾！

三毛猫ホームズの茶話会　赤川次郎

BSグループ会長の遺言で、新会長の座に就いたのは25歳の川本咲帆。しかし、帰国した咲帆が空港で何者かに襲われた。大企業に潜む闇に、片山刑事たちと三毛猫ホームズが迫る。人気シリーズ第44弾。

角川文庫ベストセラー

鼠、狸囃子に踊る　赤川次郎

女医の千草の手伝いで、一人でお使いに出かけたお国。帰り道に耳にしたのは、お囃子の音色。フラフラと音が鳴る方へ覗きに行ったはいいが、人っ子一人、見当たらない。次郎吉も話半分に聞いていたが……。

鼠、滝に打たれる　赤川次郎

「縁談があったの」鼠小僧次郎吉の妹、小袖がもたらした報せは、微妙な関係にある女医・千草と、さる大名の子息との縁談で……恋、謎、剣劇——。胸躍る物語の千両箱が今開く！

鼠、地獄を巡る　赤川次郎

昼は甘酒売り、夜は天下の大泥棒という2つの顔を持つ鼠小僧・次郎吉。妹の小袖と羽を伸ばしにやってきたはずの温泉で、人気の歌舞伎役者や凄腕のスリに出会った夜、女湯で侍が殺される事件が起きて……。

鼠、嘘つきは役人の始まり　赤川次郎

江戸一番の人気者は、大泥棒〈鼠〉か、はたまた与力〈鬼万〉か。巷で話題、奉行所の人気与力、〈鬼の万治郎〉。しかしその正体は、盗人よりもなお悪い⁉　謎と活劇に胸躍る「鼠」シリーズ第10弾。

鼠、恋路の闇を照らす　赤川次郎

恋する男女の駆け込み寺は、江戸を騒がす大泥棒だった⁉　昼は遊び人の次郎吉、夜は義賊の〝鼠〟。懸命に生きる町人の幸せを守るため、今宵も江戸を駆け巡る。活劇と人情に胸震わす、シリーズ第11弾。